走出黑暗的印度少女

擁抱世界正能量 ④

關麗珊 著

新雅文化事業有限公司
www.sunya.com.hk

擁抱世界正能量 4

走出黑暗的印度少女

作　　者：關麗珊
插　　圖：王恬君
責任編輯：陳友娣
美術設計：鄭雅玲
出　　版：新雅文化事業有限公司
香港英皇道 499 號北角工業大廈 18 樓
電話：（852）2138 7998
傳真：（852）2597 4003
網址：http://www.sunya.com.hk
電郵：marketing@sunya.com.hk
發　　行：香港聯合書刊物流有限公司
香港新界大埔汀麗路 36 號中華商務印刷大廈 3 字樓
電話：（852）2150 2100
傳真：（852）2407 3062
電郵：info@suplogistics.com.hk
印　　刷：中華商務彩色印刷有限公司
香港新界大埔汀麗路 36 號
版　　次：二〇一九年七月初版

ISBN: 978-962-08-7317-1

18/F, North Point Industrial Building, 499 King's Road, Hong Kong
Published and printed in Hong Kong

目錄

第一章　命運火車

我是莎依，今年八歲。

我有一個快樂的家，我有爸爸、媽媽和弟弟，每天都過得很開心。爸爸說我是快樂寶寶，我愛爸爸、媽媽和弟弟，每次看見他們笑起來，我都會跟着他們一起笑的。

這天早上醒來，看見媽媽跟平日不一樣，她沒有煮早餐，只是給我們吃零食。然後，媽媽給我背起背包，她拿起大袋，帶我和弟弟離開家裏。

我們乘坐篤篤車到火車站去。弟弟很開心，不停四處張望，用胖胖的手指指來指去，不停問媽媽問題，但媽媽完全沒有回答。

我和弟弟首次乘搭火車，火車站有很多人，我們緊緊握住媽媽的手。

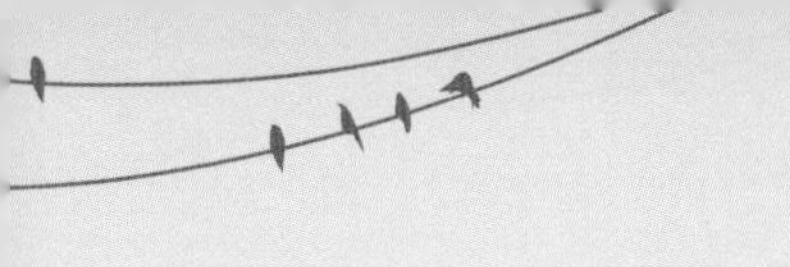

媽媽帶我們到月台去，我問媽媽：「媽媽，我們去哪兒？」

媽媽沒有回答，我再問：「爸爸呢？爸爸沒有跟我們一起啊。」

「小心走路。」媽媽說。

媽媽背起大袋，抱起弟弟，先上火車。火車的梯級很高，我攀不上，幸好有個叔叔抱我上去，我才可以走上火車車廂。

火車內擠滿人，車廂的窗跟家裏的窗不一樣。從家裏看出去，總是看見相同的樹木和相同的山路，但火車開動以後，由火車的窗子看出去，看見的樹和地都不一樣，全部東西都飛快轉換，很快變成另一個樣子。

弟弟不斷在媽媽的懷裏問：「媽媽，我們去什麼地方？媽媽，我們去哪兒？爸爸呢？爸爸呢？」

媽媽沒有回答，弟弟轉過身來問我，重重複複問我們要去哪兒。我答：「不知道。」

我抬頭問媽媽：「媽媽，我們去哪兒？爸爸來嗎？

爸爸跟我們一起嗎？」

媽媽沒有望向我，也沒有望向弟弟，只管望出窗外。我不知道她想看什麼，只知道她不開心，媽媽不開心的時候，她的嘴角向下彎的，我不敢再問她問題了。

我看風景看得疲累，太陽曬入車廂，車廂變得很熱，弟弟有時張開眼四處看，有時半睡半醒似的伏在媽媽身上，有時是熟睡了。

火車慢慢停下來，車門打開有人上車，有人落車。

原本有兩個男人坐在附近，不過，他們落車後，變成兩個女人坐在那兒。我覺得上車的人比落車的多，車廂越來越擠迫。

弟弟跟媽媽說：「媽媽，我好肚餓，我想尿尿。」

媽媽依然聽不到我們的說話似的，沒有回答，弟弟就這樣坐在椅上撒尿。

坐在附近的人沒有表情，但他們會縮起雙腳，以免沾上弟弟流在地上的尿。

鄰座的姨姨皺起眉頭，好像要責罵弟弟，但最終沒

有說話。坐在她身旁的姐姐微微一笑，給弟弟一條淺藍色的毛巾，示意他抹乾椅子和身上的尿。

「媽媽，弟弟要換褲子了。」我跟媽媽說，但媽媽沒有理會我。

弟弟四歲，他不明白要抹乾椅子，只想換乾淨的褲。我八歲，我明白。我接過毛巾，抹乾椅子後，交還給姐姐，但毛巾好像碰到姐姐身旁的姨姨，她的眉頭皺得更緊。如果有蒼蠅停在那兒，姨姨的雙眉皺起來就可以夾死蒼蠅。她顯得不耐煩，狠狠說：「拿開！」

「姐姐，這是你的毛巾啊。」我說。

「不用了，送給你吧。」姐姐笑說。

「爸爸說不能拿別人的東西呀。」我說。

姐姐說：「我不要的，你留起來好了。」

「姐姐，毛巾的顏色很漂亮，你真是送給我嗎？真的？」

姐姐點點頭，笑說：「真的。」

「謝謝。」

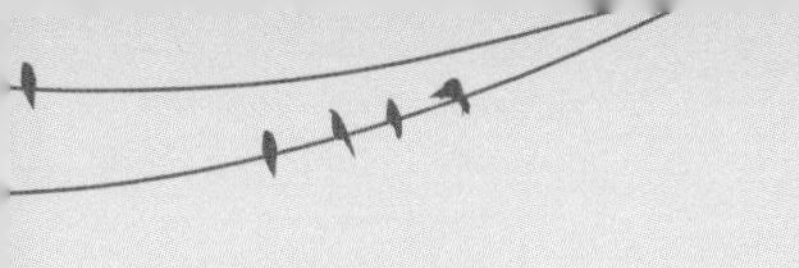

我並沒有拿別人的東西，那是姐姐不要的毛巾。我將有尿的淺藍色毛巾放在媽媽給我的背包，然後跟媽媽一起望出窗外，外面的樹木和土地都轉得很快很快。

不知在火車裏坐了多久，我在想弟弟一定感到不舒服，但他依然熟睡。火車搖搖晃晃，就像躺在嬰兒牀的感覺，媽媽會搖動嬰兒牀，還會唱歌讓我們睡覺。起初是我在那兒睡覺，後來那裏變成弟弟的睡牀。

我在夢中感到炎熱，張開眼睛一看，以為像平日一樣，可以看見家裏窗子外的陽光，或火車不斷變換的風景，沒料到我們已經離開火車，媽媽一手摟抱我，一手摟抱睡着的弟弟，我們一起坐在街上，四周漆黑，只有火車站有燈。

想不起我們是怎樣離開火車的，也許有人幫忙抱我們落車，也許媽媽拖我落車，我不知道，只知道在夢裏看見了爸爸，以為爸爸跟我們在一起。我倚在媽媽身上繼續睡覺，希望在夢裏再見到爸爸，還有，我渴望回家睡覺。

四周越來越熱，熱得我醒過來，發現陽光猛烈，原來我們已經在火車站睡了一晚。

街道很骯髒，到處都是人。我第一次看見那麼多人，好像在發夢，但這個夢再沒有爸爸。我再次閉上眼睛，然後張開，多次張合眼睛後，我知道這是真的，並非夢境。

我和弟弟倚在媽媽身旁，媽媽沒有理會我們，我很害怕，弟弟望向我，看來比我更害怕。

媽媽呆呆坐在那兒，我們不知道坐了多久，我感到口渴、飢餓、疲倦，還想去廁所，只好跟媽媽説：「媽媽，我想去小便。」

媽媽呆呆望向前方，我推她一把，説：「媽媽，我們好餓，我們可以回家吃飯和睡覺嗎？」

媽媽沒有回答，弟弟害怕得哭起來，媽媽給弟弟一記耳光，弟弟嚇呆了，不敢哭泣，但眼淚流個不停。

媽媽好像變了另一個人，我不敢郁動，不知怎樣的就尿到地上去。我不斷發抖，走去抱住弟弟，感到弟弟

比我更顫抖。

媽媽不是這樣的，媽媽平日不是這樣的。媽媽喜歡笑，早上煮早餐給我們吃，然後，她會幫我束起牛角辮和執拾書包。爸爸起來會抱我，有時親我的臉頰一下，我和爸爸一起吃早餐，吃完之後，媽媽會送我們出門口。我乘坐爸爸的汽車到學校去，爸爸送我上學後，他就會駕車上班。

弟弟年紀小，喜歡睡覺，待我們離家後，弟弟才會醒來吃早餐。

媽媽最疼弟弟，她説弟弟還未上學，可以多睡一會，喜歡睡多久都可以。

媽媽經常説我以前跟弟弟一樣貪睡，她讓我睡覺到自然醒來，然後跟我一起吃早餐。

我記不起那時候的事情，只記得弟弟未出世之前，我像弟弟那樣不用上學，可以跟媽媽一起吃早餐，爸爸很早出門上班的。

這是我的家庭生活，附近的叔叔和姨姨都跟爸爸一

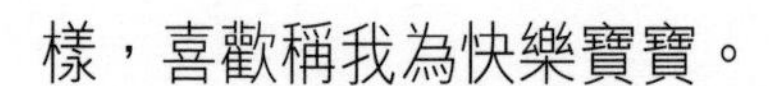

樣，喜歡稱我為快樂寶寶。

有一段時間，媽媽不在家，爸爸說媽媽會和弟弟一起回來。

那時候，我不知道為什麼，後來才知道媽媽要住在醫院。

有個姨姨來煮飯給我吃，媽媽回家以後，姨姨還會來做家務。我很喜歡那個姨姨，她經常唱歌給我聽，睡覺之前，她會給我說故事的。姨姨經常和爸爸一起，姨姨送我一個會笑的洋娃娃，她說是快樂寶寶娃娃，但它不見了。

「醒醒，你們醒醒。」不停有聲音在耳邊響起，並非媽媽、爸爸、姨姨和弟弟的聲音，那是我沒有聽過的陌生聲音，我慢慢睜開雙眼，看見有些人圍繞着我們。

媽媽正在跟他們吵架，我看不清楚她跟誰吵架，只管抱住弟弟，感到弟弟全身不住抖動。

有幾個人把我們抱上車，我和弟弟都想掙脫，但他們抱得緊緊的，我們只好大叫大喊。媽媽被人捉上車的

時候，大叫大嚷得比我們更大聲，我從來未見過這樣的媽媽。

坐在車上，我緊抱弟弟，有個姨姨坐在我身旁，不斷跟我說：「不要害怕，我們帶你們去吃東西而已。」

汽車駛得很快，窗外的風景不斷轉變，我們去到一個很大的地方，有幾幢建築物。

姨姨分別拖住我和弟弟的手，弟弟甩掉她的手，跑過來捉住我的手，姨姨一笑，跟我們繼續前行，我緊握弟弟的小手，生怕他會走失。

爸爸和媽媽經常跟我說：「姐姐要照顧弟弟的，你要照顧弟弟啊。」

我每次都是這樣回答：「我最喜歡照顧弟弟，我會照顧弟弟的。」

姨姨帶我們去一間房坐下，給我們清水，然後給我和弟弟一個盤子的菜和薄餅。我忘記多久沒有吃東西，連忙吃薄餅，滿嘴的食物都美味。

我望向弟弟，看見他正在飲湯，在他身旁的姨姨幫他拿湯匙餵他，但他依然吃到滿身湯汁和薄餅屑。

吃飽後，我望望四周，看見媽媽在不遠處吃東西，身旁有幾個穿淺藍色邊的白袍的姨姨。

坐在我旁邊的姨姨說：「她們是修女，我是這兒的義工，我們只是想幫助你們。」

「我想坐在媽媽身旁。」我說。

「等一陣子就可以過去媽媽那兒，現在不成。」姨姨溫柔地說：「修女要跟你的媽媽聊天，我們先幫你和弟弟洗澡，你們可以午睡的。」

我望向遠處的媽媽，只見她在說話，姨姨問：「還要吃東西嗎？」

「不吃了。」我說。

「我帶你們四處逛逛，然後，我們幫你和弟弟洗澡吧。」姨姨說。

「我不逛了，我想睡覺。」我說：「弟弟都要午睡。」

「好啊。」姨姨指住不遠處的牀說：「你們先在那

兒午睡。」

弟弟瞪大雙眼，好可愛，就像小猴子一樣望望我又望向媽媽的位置。我說：「我們先睡覺。」

弟弟點點頭，真是乖巧。

我大概躺在牀上就入睡，四周有熟悉的香氣，我好像回到家裏，媽媽準備下午茶的糕點，待我醒來的時候，我和弟弟可以跟媽媽一起吃下午茶。

醒來的時候，沒有熟悉的香氣，卻見弟弟像平時一樣，蹲在附近望住我。

我朝弟弟一笑，他跑過來抱住我，笑說：「姐姐，姐姐。」

我坐起來，抱住弟弟，四處張望都看不見媽媽，坐在附近的姨姨說：「你們的媽媽正在休息，別吵醒她。弟弟已經洗澡了，現在到你洗澡。」

我點點頭，跟隨姨姨到浴室去。

我跟姨姨說：「我可以自己洗澡的。」

姨姨說：「好啊，這是你的替換衣物，我在門外等你，有什麼需要隨時大聲喊我。」

「嗯，謝謝。」我說。

第一次在陌生的地方洗澡，有點害怕，只是沖沖水，很快就更換衣服出來。

姨姨看見我，笑起來說：「太快了，你一定洗得不乾淨，姨姨幫你洗頭髮吧。」

「嗯。」我回應。

「你們昨天為什麼在火車站睡覺呢？」姨姨一邊幫我洗頭髮一邊說。

「不知道。」我誠實回答。

「你們原本住在哪兒？」

「我們原本住在家裏。」

姨姨笑起來，繼續問：「啊，住在家裏很好呀，你知道地址嗎？」

「地址？」我反問。

「我想寄信給你，你可以給我家中的地址嗎？」姨姨笑問。

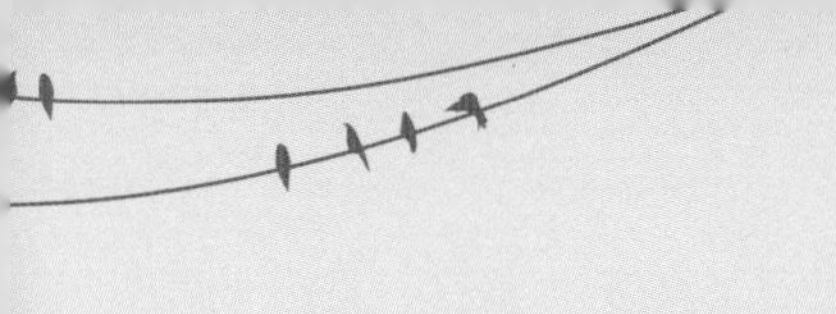

「我不知道。」我說。

「有人跟你說你住在哪兒嗎？例如，有人跟你說鄉村的名字或城鎮的名稱嗎？」姨姨問，同一時間用水沖洗我的頭髮。

「沒有。」

「你讀哪一間小學呢？」

「嗯……」我想了好一會，想不起學校名稱：「學校就是學校呀。」

「通常是某某某小學的。」姨姨說。

我想了好一會，說：「我記不起學校的名字，爸爸送我上學，媽媽和弟弟接我放學，學校就是學校呀。」

「你的爸爸有上班嗎？」姨姨問，然後用乾淨的毛巾幫我抹乾頭髮。

「有啊。」

「他在哪兒上班呢？」

「公司。」

「公司的名字呢？」

「不知道。」

「爸爸的姓名呢？」

「爸爸。」

姨姨沉默起來，好一會才問：「你呢？你的名字是什麼？」

「我是莎依，他們都叫我快樂寶寶的。」我笑說。

「很好聽啊，」姨姨笑說：「全名呢？上學的時候，老師怎樣喊你？」

「老師叫我莎依，他們還未知道我是快樂寶寶啊。」我笑說。

「莎依真是乖，你記得弟弟的名字嗎？」

「弟弟。」我認真回答。

「好啦，洗乾淨了，我們會清洗你們的衣服。」姨姨說。

「姨姨，可以幫我洗這個嗎？」我拿出淺藍的毛巾給姨姨，姨姨笑問：「你的毛巾嗎？」

「不是。」我說：「火車上的姐姐給我為弟弟抹

尿，有尿的，我想洗乾淨。」

「我會幫你洗乾淨的。」姨姨笑説。

姨姨帶我去剛才睡覺的房間，我説：「我剛剛醒來呀，不用睡覺。媽媽和弟弟呢？」

「他們都要休息啊，」姨姨説：「你在那兒看書，我們會照顧你們的。」

「有圖畫嗎？我只看圖畫書的。」我問。

「學校沒有教你認字嗎？」

「有，不過，我認得很少。」

「我給你圖畫書，你靜靜看書就是。」

姨姨帶我去另一間房，我在那兒看書。

那天很快過去，姨姨帶我去吃晚飯，然後幫我梳洗。

我遠遠看見弟弟，有一個姨姨照顧他，但我看不見媽媽。

「早點睡。」姨姨帶我去休息時説。

「媽媽呢？弟弟呢？」

「他們在不同房間休息，你先睡覺。」姨姨說。

我還想問清楚，但看書半天，有點疲倦，躺在牀上就熟睡了。

「莎依，莎依，快醒來。」耳邊不停響起媽媽的聲音，好像喚醒我吃早餐似的。

我轉身看見媽媽，抱住她，媽媽低聲說：「快，我們快走。」

我不知道媽媽要做什麼，只見她背起弟弟，一手拿大袋，一手拖我起牀，我差點跌倒，連忙跟她走。

兩個姨姨追出來，不停說：「不要走，我們幫你們安排住宿，孩子要上學……」

媽媽頭也不回地帶我們離開，她不斷走路，走到街角坐下來，說：「我們在這兒休息。」

兩個姨姨追到這兒，氣喘吁吁地說：「我們想幫你。」

「你們走，我們不要人幫。」媽媽不停說這兩句，無論姨姨說什麼，她依然是這兩句。

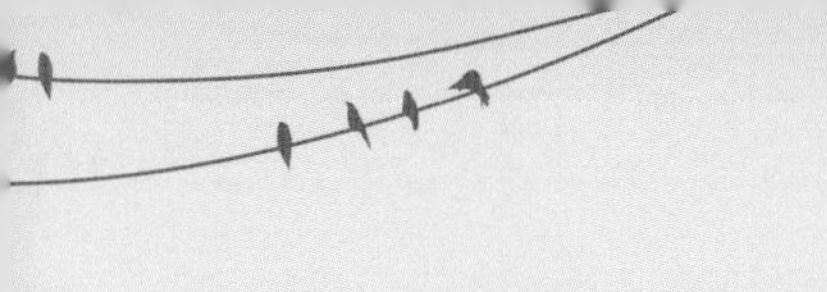

最後，姨姨說：「你有需要隨時找我們。」

媽媽繼續兇惡地喝罵姨姨，要她們走開。兩個姨姨很溫柔地望向我和弟弟，微微一笑，用手指向我們逃跑出來的方向，也許告訴我，我們可以回去那裏的，然後走了。

媽媽還在罵她們，我不知道她在罵什麼，但我覺得她不對。

媽媽從大袋拿出大膠布，鋪在地上，然後說：「我們以後在這兒睡覺。」

「媽媽，剛才的牀比較乾淨啊。」我說。

媽媽在袋裏拿出毛巾，鋪在大膠布上，將弟弟放在毛巾上，讓弟弟躺在地上睡覺。弟弟在整個逃跑過程都在睡覺，不過，有時驚醒過來，有時沉沉睡去，相信他跟我一樣疲倦。

「媽媽，我們什麼時候回家？」我問。

「我們在這兒睡覺，」媽媽狠狠說：「這兒就是我們的家。」

「媽媽，」我嚇得眼淚都湧上來，「這兒不是我們的家，家裏舒服和漂亮多了。」

「寶寶乖，快點睡覺，你看，弟弟睡得多香。」媽媽突然變回温柔的媽媽，聲音輕柔地跟我説，我只好躺在媽媽的身旁睡覺。

我在夢裏看見爸爸拿了一個大紙盒回家，我跑去抱住爸爸的腿，爸爸蹲下來問：「你知道爸爸買了什麼回家嗎？」

「不知道。」我説。

「你親爸爸一下，讓爸爸告訴你。」爸爸説。

我連忙親了親爸爸的臉，爸爸笑説：「這是我的快樂寶寶的生日蛋糕。」

我非常開心，不斷跳來跳去，也許太開心了，就這樣醒過來。

醒來只見四周有許多人走來走去，很骯髒，處處都是沙塵，我閉起雙眼，希望繼續夢到生日蛋糕，還希望是吃蛋糕的夢。

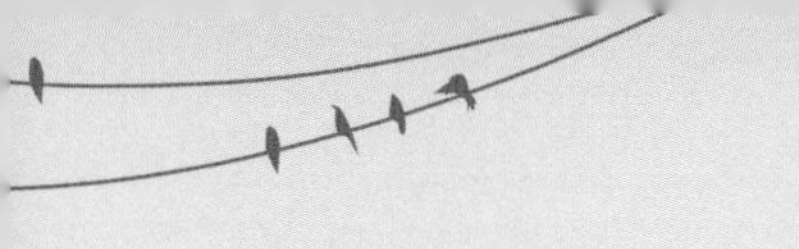

我在六歲時有個生日蛋糕，那是真的，爸爸放了六枝蠟燭在蛋糕上，然後點亮蠟燭。媽媽和爸爸為我唱生日歌，弟弟年紀太小，還未識唱，記得還有曾經來做家務的漂亮姨姨，她總是送我漂亮的娃娃。爸爸要我一口氣吹熄蠟燭，但我做不到，爸爸笑起來，陪我一起吹熄蛋糕上的蠟燭。

我好想回到那個夢裏，但無法再次夢到蛋糕和爸爸。我的耳朵貼近地上，聽到許多人走路的聲音，很嘈吵，很多腳步聲和説話的聲音，我望向媽媽，只見她坐在地上，弟弟還在毛巾上睡覺。

四周越來越熱，我拿起姐姐給我的藍色毛巾，蓋住眼睛，希望可以繼續睡覺，夢中的世界比現實的街道美麗得多，如果可以留在夢入面就好了。

第二章　紅色紗麗

我是奧瑪，今年十六歲。

我有爺爺、爸爸、媽媽、哥哥、弟弟和兩個妹妹，原本還有嫲嫲，但她在我十歲那年死了。雖然一家人擠在細小的家裏，但我們都過得很開心。

我們的家有點擠迫，不過，我是快樂的。哥哥和爸爸每天下田，我和弟弟妹妹在家裏幫助媽媽做家務，弟弟妹妹年紀小，大部分工作都是我和媽媽做，他們負責玩耍。

雖然我們早已習慣炎熱的天氣，但近來的氣温變得很熱很熱，許久沒有下雨，我們儲起來的水不夠用，我和媽媽要走很遠的路去河邊打水回家。然而，河流變得越來越狹窄，原本是河水的地方變成土地，河水不及往日清澈，我們每天打水，還要給爸爸和哥哥打水來灌溉

農作物。

爸爸和媽媽長時間愁眉苦臉，家裏的食物越來越少。媽媽烤薄餅的時候，每塊薄餅都變得很薄，有時比一塊樹葉還要透薄，可以穿透陽光的，吃下去沒有飽的感覺，我經常感到飢餓，還會餓到有點暈眩，相信爸爸和哥哥更覺飢餓，他們每天要體力勞動。

有一天，媽媽要我去市集買衣服，留下哥哥照顧弟弟妹妹。

「媽，我不要新衣服，我們用那些錢買食物吧。」我跟媽媽說。

媽媽沒有回答，默默帶我走許多路，走了好半天才走到市集。

這天市集沒有多少檔，也沒有多少人。天氣炎熱乾燥，大家都留在家裏。

媽媽走到唯一賣二手紗麗的檔口，那是女孩子的傳統衣物，媽媽拿起一件最鮮豔的紅色紗麗，就像新娘穿的紅色。

媽媽將紗麗放在我身上比畫，我說：「媽，不用，我不要新衣服，我們去買食物。」

「很漂亮啊，我算你便宜一點。」賣衣服的嬸嬸聽到我說話，連忙跟媽媽說出價錢。

媽媽要她減一半再一半，嬸嬸的面色不斷下沉，媽媽放下手上的紗麗，跟我一起離開。

我們走了幾步，聽到嬸嬸在背後大喊：「虧本的，你要我虧本，我都要賣給你，我家的孩子要吃飯。」

媽媽轉身付錢，拿走紗麗，沒有多說一句。

我們一直聽到背後傳來嬸嬸的說話，她好像自言自語，更像刻意說給我們聽：「天旱呀，田裏沒有收成，我要出來幫補生計，已經很便宜了，還要講價，虧本都要賣，全家快要餓死了，原本想掙點錢，現在反而虧本，孩子快要餓死……」

我聽罷感到不舒服，相信媽媽的感受一樣。她不斷向前走，越走越快，把我丟在背後。我追上前，喊：「媽，走慢一點，我跟不上了。」

媽媽沒有停下腳步，反而走得更快，我跑了幾步，跑到媽媽前面，轉身看見她淚流披臉，嚇得我呆住了。

媽媽彷彿沒有看見我，不斷向前走，我就這樣跟隨她的步幅半跑半追，跟她走了長長的路回家。

回到家裏，媽媽默默搓餅漿，在屋前用柴生火，然後在石鍋貼上餅漿，餅漿隨即烤成薄餅。

我幫媽媽將薄餅放在葉子織成的籃上，拿回室內。

弟弟和兩個妹妹都走過來，深深吸入薄餅散發的香氣，我們都好肚餓，但要等爸爸回來才可以吃東西。

弟弟想偷食薄餅，哥哥拍打他的手說：「不可。」

弟弟連忙縮回小手，瞪大雙眼望住籃子裏的薄餅。

雖然坐在一起，但大家都沒有氣力說話。爺爺躺在地上睡覺，他經常說睡覺就不感到肚餓，每天吃一餐已經足夠，但我知道爺爺會餓的。

兩個妹妹躺在地上，跟爺爺一樣肚子傳來咕嚕咕嚕的聲音，我的肚子也發出同樣的聲音。大家聽到肚子裏傳來的聲音，一起笑出來，家裏又回復愉快氣氛，不

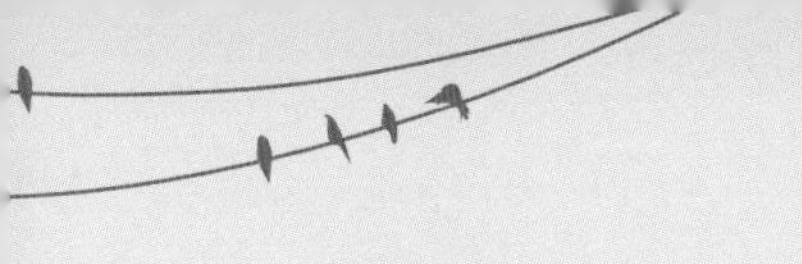

過，媽媽和哥哥沒有笑。

我偷偷望向媽媽，只是她抱住弟弟，低下頭，隱隱見她的雙眼有點淚光，我感到家裏氣氛變得不尋常，但不知道出了什麼問題。

不知等了多久，終於等到爸爸回家。

弟弟抱住爸爸的腿，仰頭笑説：「食薄餅，我們食薄餅啦。」

爸爸跟我們一起坐在地上，大家專注望向放着薄餅的籃，我在心裏數了許多遍，有八塊，一人一塊，跟平日一樣。不過，跟平日不同的是，今日有兩款汁，比平日只有綠色菜汁多了一款紅色醬汁，我有許久沒有吃到兩款醬汁，決定慢慢撕開薄餅，試齊兩款味道。

「奧瑪，」爸爸突然喊我的名字，我望向他，他卻低下頭來，不願看見我似的，然後，他將手上的東西遞給媽媽。

媽媽沒有看我和爸爸，眼淚卻密密流下來，將手上的東西放在爺爺大腿上。我們都好奇爸爸想給我什麼，更奇怪媽媽的反應，大家不敢出聲，連平日最喜歡說話的妹妹都不敢說話。

我們盯住放在爺爺大腿上用舊報紙包好的東西，不知道是什麼。

「奧瑪，」爺爺看了看用舊報紙包裹的東西後，說：「爸爸買給你吃的。」

我接過爺爺遞給我的舊報紙包好的東西，打開一看，不禁大叫起來：「粟米！粟米呀，半條粟米呀！」

兩個妹妹和弟弟不斷說話，聲音重疊，不知誰說哪一句，只知他們來來回回說：「我呢？我的粟米呢？我很久沒有吃粟米了，我好喜歡食粟米。」

「乖，我們食薄餅。」媽媽抱住弟弟說。

兩個妹妹都走去抱住媽媽，媽媽說：「我們食薄餅，這次讓姐姐吃粟米。」

爺爺、爸爸和哥哥都沒有說話，靜靜地吃着手上的薄餅。

我覺得氣氛有問題，但不知道哪兒不妥，只好說：

「我們一起吃粟米。」

弟弟和兩個妹妹即時望過來，我將粟米一粒一粒拆出來，逐粒給他們吃，他們開心得跳來跳去。

「奧瑪，你自己食好了。」爸爸說。

「我們一起吃。」我說。

我給哥哥粟米粒，他不吃，我轉給弟弟，他隨即放入口中，笑說：「姐姐，粟米美味，粟米好好食。」

哥哥吃罷手中的薄餅，跟弟弟說：「別吃粟米，留給奧瑪吃。」

「還有呀。」弟弟望向我手上的粟米說，那兒還有幾粒粟米粒。

「別吃了，我說你們別吃了。」哥哥生氣道。

弟弟和最年幼的妹妹哭起來，另一個妹妹的手還拿着粟米粒，不捨得放入口。

「哥，你嚇壞他們了。」我說。

哥哥沒有說話，站起來就走了。

媽媽哭起來，我問爸爸：「到底發生什麼事？」

爸爸用手背抹去淚水，首次看見爸爸的眼淚，有點驚惶失措，望向爺爺，爺爺說：「奧瑪，明日有人來帶你去城市工作。」

「工作可以掙錢嗎？」我問。

「可以。」爺爺說。

「太好了，我掙到錢就可以買粟米，到時大家都有粟米食。」我開懷笑說。

弟弟和兩個妹妹都歡呼起來，不停說：「好啊！姐姐會買粟米給我們吃，姐姐買粟米……」

「現在讓姐姐吃粟米，你們不要再吃了。」爺爺對弟弟妹妹說。

我吃掉餘下的粟米粒，很久沒有食粟米，我覺得爸爸買的粟米是天下間最美味的。

弟弟和兩個妹妹睜大三對大眼睛望住我吃粟米，我對他們說：「姐姐在城市會努力工作掙錢，買粟米給你們吃的。」

「好啊，好啊。」弟弟妹妹開心得手舞足蹈。

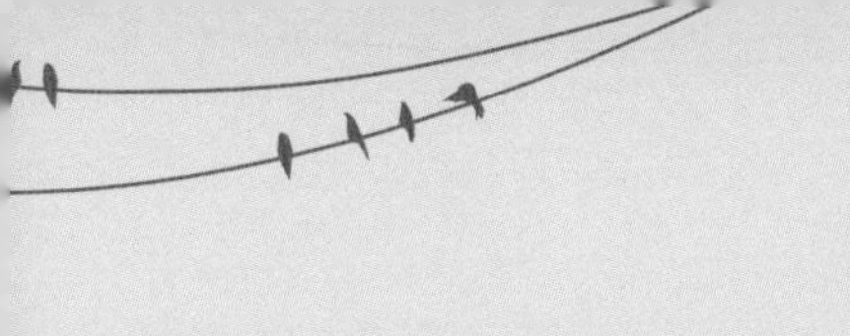

這晚的家變得很奇怪，小孩歡天喜地，大人哀傷沉默，還有哥哥不知跑去哪兒，不知他為什麼發脾氣。

睡覺的時候，媽媽走到我身旁躺下，輕輕說：「不要怪責媽媽。」

「媽……」我想說不會怪責她，怎可能怪責她之類的說話，但今日來回市集走了許多路，去河邊打水又走了許多路，實在太疲倦，不知不覺間入睡。

好像回到很小很小的時候，我感覺到媽媽抱住我睡覺，讓我睡得香甜，我嗅到媽媽身上的氣味，那是媽媽的味道，我永遠記得的。

第二天醒來，看見家裏只有我和媽媽，其他人不知去了哪兒。

媽媽為我準備清水和薄餅，給我一個有點破爛的行李箱，拉住我的手說：「奧瑪，快點吃，媽媽不在你身邊，你要照顧自己啊。」

「知道。」我一邊吃一邊笑說：「我會努力掙錢，買許多食物回來的。」

「你不用理會家裏的事，我們會過得很好的，你要努力過你的生活呀。」媽媽說。

「我會掙錢，我會買食物回來的。」我再說。

「你……」媽媽還想說什麼似的，突然又哭起來，我抱住媽媽說：「我會乖的，奧瑪會乖的，媽媽，我會努力掙錢，很快回來的，你別掛心。」

媽媽哭得全身顫抖，沒有說話。

有個陌生女人突然走進來，冷冷問：「就是她？」

媽媽一邊遞給我行李箱，一邊跟我說：「記得聽阿姨的說話。」

我點點頭，看見媽媽跟陌生女人說：「請你照顧奧瑪，她不懂事，請你好好教導她。」

女人從鼻子哼了一聲，然後說：「別囉唆，我們要快，火車快開了。」

我聽到很高興，原來要乘搭火車，我從來沒有見過火車，不由得笑起來，但媽媽哭得更難過。

女人帶我離開時，媽媽走過去，用毛巾幫我抹手，

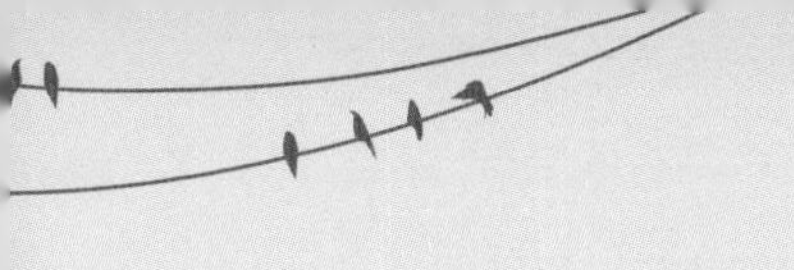

然後將毛巾放在我的手上，說：「拿去，好好生活，別怪責我們。」

「嗯。」我不明白媽媽的說話，漫應道。

媽媽不斷哭泣，我轉身跟媽媽說：「媽，我會買食物回來的，我會乖的，你不用擔心啊。嗯，我不會怪責你們，無論你們怎樣，我都愛你們呀！」

女人拉我出去，門外停了摩托車，有個男人坐在前面。我們上了車，女人坐中間，我在最後，行李放在男人腳前的位置。

男人沒有說話，突然開車向前駛，嚇得我幾乎掉到地上去，幸好女人抓住我的腳，我才可以再度坐穩在摩托車上。

在摩托車坐了很久很久，雙腳開始麻痺，摩托車才停下來。

落車的時候，雙腳有點麻痺，差點站不穩跌在地上，女人一手捉住我的手臂，讓我穩站下來。男人將我的行李箱擲到地上去，我嚇了一驚，生怕行李箱摔壞，慌忙撿拾，冷不防被女人拉我走入火車站，幾乎再一次跌倒。

火車站擠滿人，女人帶我上火車，兩個人擠在一個座位，四周站滿人，充滿汗味和各種味道，我用媽媽給我的藍色毛巾掩住口鼻，因為太熱，不斷抹汗，要慢慢適應火車車廂的環境、溫度和味道。

「我可以去廁所嗎？」我怯怯問。

「不可以，你走開的話，回來沒有位可以坐。」女人冷冷道。

我從一開始就覺得女人不喜歡我，想起媽媽要我乖巧聽話，我不敢再說，但太需要去廁所，寧願沒有位坐都要去。

女人捉住我說：「開車後才去。」

「為什麼？」我說：「我要現在去呀。」

「我給你媽媽很多錢，你跑掉怎麼辦？」女人說：「開車後，我們一起去廁所。」

如果她給媽媽許多錢，家人就可以吃多一點食物，

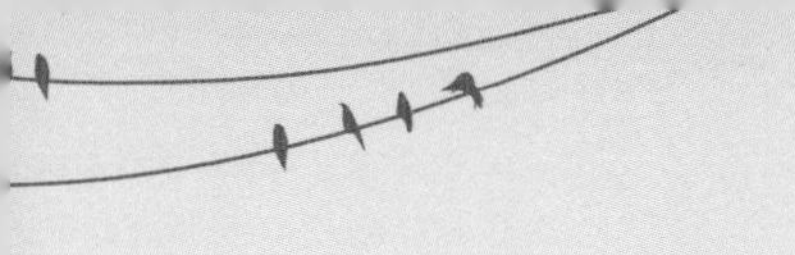

我開始明白媽媽為何要我聽她的話，我會努力掙錢還給她的。

車廂開始搖晃起來，相信是火車開動。

我感到過了一天那麼漫長，女人才拉起我一齊去廁所，隨手將我的行李放在我們的座位上。

我首次去火車的廁所，甚至是人生首次去可以關上門的廁所。晃動不穩的感覺令我有點暈眩，差點在廁所暈倒。

我扶住廁所門走出來，看見女人不耐煩的表情。我們返回座位，已有五個男人擠在我的行李上，他們只有小部分屁股碰到我的行李，好像蹲在行李箱四周似的。

女人叫他們離開，拿開行李，我們可以坐在原位，只是比先前擠迫，因為有個樣子兇惡的男人不肯離開，女人沒有再說什麼，跟我擠在一起，她佔了大半座位。

火車開始慢駛和停下來，有些人離開，有些人走上來。女人帶我去另一車廂，我們坐在一個女人和兩個小孩附近，兩個孩子的年紀跟我的弟弟妹妹差不多，相信女孩跟我一樣首次乘火車，她一直睜大雙眼望向窗外，視線停留在火車車廂的大窗。

我靜靜坐在車廂，吃罷媽媽為我預備的薄餅，飲點清水後，迷迷糊糊睡了一會。醒來見男孩尿濕衣物，跟他一起的女人沒有理會他，只有女孩一臉焦慮，於是我將身上的藍色毛巾拿出來，遞給女孩，她即時笑起來。

我從來沒有離開家人，不過是短短時間，我已經掛念我的兩個妹妹和弟弟，不知他們有沒有爭吵，最小的妹妹可吃得飽呢？

女孩幫弟弟抹乾身子後，將毛巾遞回給我。身旁的女人嗅到尿味，皺起眉頭，一臉鄙夷說：「拿開！」

「姐姐，這是你的毛巾啊。」她說。

「不用了，送給你吧。」我笑說。

女孩說：「爸爸說不能拿別人的東西呀。」

「我不要的，你留起來好了。」

「姐姐，毛巾的顏色很漂亮，你真是送給我嗎？真的？」

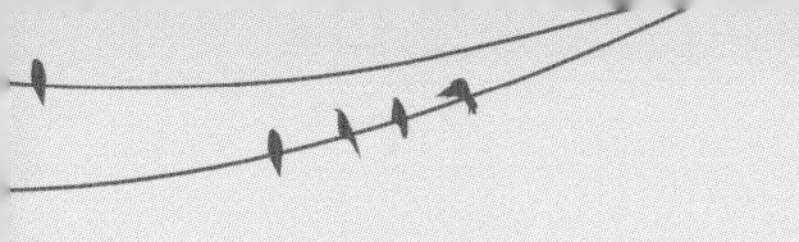

「真的。」

「謝謝。」

女孩道謝後，沒有再說話，也許她的媽媽同樣跟她說過要做個乖孩子，乖孩子總是安靜的。

火車搖搖晃晃向前行，每個站都有人上車，有人落車，我在半睡半醒之間感到火車猛力搖動，嚇得我完全清醒過來。

望出窗外，四周都有燈光，跟家裏只有月光不同。車廂內的人開始留意自己的行李，跟我同行的女人示意我跟她落車。

鄰座的女人和兩個小孩正在熟睡，我問：「全部人要落車嗎？我們要喚醒他們嗎？」

「落車，別多事。」女人冷冷道。

落車後，看見火車站比我們上車的那個火車站大得多，許多人走來走去。

女人帶我去一架像單車但不是單車的車子附近，有個男人在前面像踩單車那樣，但是車後面有座位可以讓人坐下。

女人示意我先坐上去，我連忙走上車，她跟隨我上車，街上有很多人，然後，街上的人漸漸減少，車夫停在燈光明亮的地方，附近有不少人，但比火車站的少。

女人帶我走到地底，我好害怕，但見四周光亮，只好跟她一起走。

我不知道走到地底可以乘車的，看見女人示意我走前一步，好讓我在她的視線範圍內。她給我一個圓形的膠幣，以眼神指示我跟着她做。她將膠幣投入去閘門的一個小洞，膠幣會跌出來，然後拿回膠幣，門就打開，再跟着她走了一段路，看見一列像火車似的車在地底那邊駛來，停定。女人推我一下，示意我上車。

她的沉默令我感到不舒服，但我不敢有任何表示，只是跟隨她走。

乘車好一會，車窗外都是黑漆一片，像火車一樣會停下來開門，有人上車，有人落車，女人在車停下來時帶我落車，我們再走上地面。

城市跟我住的鄉村完全不同，處處都是新奇事物，有些人就這樣躺在街上睡覺，有些人走來走去，鄉下晚上不會有人走動的。我們的牧羊人只是白天放羊，但這兒竟然有人在晚上放羊，十多隻羊在我們的身旁經過，附近還有兩頭牛在翻垃圾，不知道城市的羊和牛要走多久才可以吃到草呢？

如果跟家人一起來到城市，無論乘車還是四處逛，都是好玩的。然而，此刻我只覺忐忑不安，心口卜通卜通地加快跳動，彷彿有可怕的事情將會發生，真是莫名其妙。

女人帶我走了幾條街，然後走入一個平房，有個好像很久沒有洗澡的青年走出來。

女人喊住他：「小高，跟老闆說我來了。」

「知道了。」那個叫小高的青年望我一眼，然後，臉龐像變魔術似的變得通紅，很是奇怪。

小高跑上樓後，很快從高處喊話：「老闆叫你們上去。」

我跟隨女人上去，只見一男一女坐在那兒，還有四個男人站在他們背後，全部人一起打量我。

坐着的男人點點頭，交給女人一些東西，女人就這樣走了。

大家稱坐在椅子上的男女為老闆和阿姨，四個男人是老闆的手下。我不知道他們的真正關係，只知這是我工作的地方，但不知道要做什麼工作。

阿姨叫小高帶我去房間休息，房間有四張牀，但只有一個女孩子在房裏。

「我是奧瑪。」我跟同房說。

「我是柏珍。」她完全沒有表情似的說。

我問柏珍：「你知道我要做什麼工作嗎？」

她反問我：「你不知道？」

「不知道。」我說。

「你很快會知道。」她的表情好像有點難過，又好像沒有什麼表情。

我們各自睡覺。

來到城市的第一個晚上，就這樣過去。

我一直想知道要做什麼工作，到知道的時候，我寧願永遠不知道，但我始終知道了。

第二日，柏珍幫我穿上媽媽買的紅色紗麗，還為我化妝，然後，把我帶到老闆和阿姨跟前，今日沒有四個大漢站在他們背後，只有小高。

阿姨笑起來，高興地跟老闆說：「好漂亮，我們沒有買錯。」

「對，可以幫我們賺很多錢。」

我感到不對勁，低聲問：「阿姨，我要做什麼？」

「賣淫。」阿姨說得輕鬆平常，但我感到晴天霹靂，不能置信地搖頭，說：「不是的！我來打工，媽媽說我來城市工作，不是賣淫。」

「你的工作就是賣淫，你的父母早已經知道了。」老闆說。

「不是這樣，我不會做的。」我說。

「你不做的話，你的父母要代你還債，連本帶利，相信他們沒有能力還錢，你不做就會害到全家人都好痛苦。」老闆冷冷説。

阿姨捉住我的手，溫柔地對我説：「乖啦，今晚開始工作。」

「不，不，我不做……」我大喊大叫，不斷掙扎。

「小高，柏珍，幫我捉住她。」老闆説。

小高和柏珍從背後捉緊我，一左一右的捉緊我的手臂，我感到心跳得很快，極力掙扎，想掙開他們的手。這時候，阿姨扯開我的嘴巴，老闆倒了半瓶烈酒到我的胃裏，我覺得好辛苦，烈酒經過喉嚨是辛辣的痛，流到胃令我想嘔吐。

我希望他們停手，但烈酒還是源源不絕地灌進我的口腔……好辛苦，然後，我漸漸忘記一切事情，只記得火熱的紅，那是媽媽買給我的紗麗顏色。

第三章　朋友互相幫助

我是小高，我不知道自己多少歲。可能比奧瑪年紀大一點，或者比她小一點，我不知道。年紀多大都沒有關係，我不是女孩子，不用關心。

我早已忘記自己怎樣來到這兒，反而牢牢記住奧瑪第一晚來到的模樣。我從來未見過那麼可愛的女孩，她望向我的時候，我的心卜通卜通胡亂跳動，我以為突然患病，只覺天旋地轉，差點暈過去。

幫老闆做中間人的女人留下奧瑪，拿了老闆給她的錢，隨即離開。

老闆的雙眼像攝影機鏡頭一樣，用眼睛由上到下為奧瑪拍照似的，然後，他的臉上浮起滿意的笑容，問：「你叫什麼名字，今年多大？」

她不敢望向老闆，怯生生道：「奧瑪，我叫奧瑪，十六歲。」

「好。」老闆笑起來，然後望向我：「小高，帶她去大房。」

奧瑪隨老闆的目光望向我，嚇得我手心冒汗，連忙回答老闆道：「知道。」

「小高，謝謝你。」奧瑪對我說。

我連站都站不穩了，奧瑪拉了拉我的衣袖，問：「你沒什麼吧？」

「沒……沒事。」我按住胸口說，生怕心跳得太快會跳出來。

我帶她到三樓的房間，她問：「你知道我要做什麼工作嗎？」

我停下腳步，彷彿被電擊一樣，她竟然不知道即將面對的事。我沒有回答，像洩氣的汽球一樣，沒精打采地帶她上樓。

「你不知道我的工作嗎？」奧瑪問，隨即展現天真笑容說：「我做家務很好的，我識整薄餅，我懂得做的

工夫可不少，你知道我要做什麼工作嗎？」

「不清楚。」我含糊地說。

其實我知道她要做的工作，答不知道是說謊，只好說不清楚，好讓她有多一天開心。

到達女孩子的房間後，我叩門，柏珍前來開門，她看見我，沒有表情，看見奧瑪時，隨即流露同情她的神情，但奧瑪沒有留意，只管笑說：「我是奧瑪，我今年十六歲。」

「嗯。」柏珍低聲說，然後望向我，示意我可以離開，我點點頭，回到自己在地窖的房間。聽到老闆的手下在閒聊，哥豹說：「今日的女孩真漂亮。」

「看來是剛剛從農村出來。」阿森說。

「看見她不知道被家人賣掉的樣子，連我都有點不忍心。」哥豹說。

「走吧，個個女孩子來都是這樣。」阿森說。

我驀然傷感起來，躲在一角，自顧自流淚。很久沒有這麼傷心，卻說不出原因。好像有重物壓在胸口，無法呼吸，只能哭泣，好想大聲叫喊，到處叫喊，好想好想大喊：「奧瑪，快走，快，快點離開……」可惜，我只能躲在一角流淚。

再見奧瑪的時候，她穿上紅色紗麗，好像新娘子，更像大紅花。

老闆命令我和柏珍捉實奧瑪時，我害怕會令奧瑪受傷，更怕老闆會懲罰我。

我和柏珍同時戰戰兢兢地從後捉住奧瑪的雙手，她不斷掙扎，我們只好捉得更緊，我知道柏珍同樣怕弄痛奧瑪。

阿姨強行打開奧瑪的嘴巴，將大半瓶烈酒倒入去，奧瑪漸漸沒有氣力掙扎，一身酒氣，攤軟在地上，有如未及盛放就跌到泥上的大紅花。

老闆看見奧瑪酒醉後，跟阿姨說：「抬她去客人的房間。」

然後望向我，喝令：「小高，柏珍，幫手。」

我托起奧瑪的肩膀，阿姨和柏珍抬起她的雙腳，我

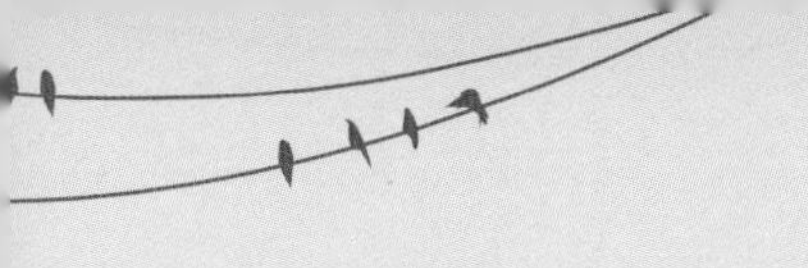

們將奧瑪送到客人的房間，放她在牀上，只見一個大黑影站在窗邊，他一直背住我們。

阿姨示意我們離開，我說：「我想為她抹去身上和臉上的酒。」

「不用你，你走吧。」阿姨說。

我離開客人的房間，跑回自己的地窖，狠狠地大哭一回。

第二天沒有看見奧瑪，相信她被老闆鎖在房裏。

我負責這兒的清潔，還有跑腿工作。他們都說我幸運，可以做的算是優差，其他小工沒有我這麼幸運。老闆還有其他生意，哥豹和阿森會跟他四處去，還有兩個很少來這兒的。

我不知道自己是否幸運，只知道一定要聽老闆和阿姨的吩咐去做，要不然，他們會懲罰我，全部是可怕的懲罰。

我拿飯到三樓的時候，遇到柏珍，連忙壓低聲音問：「奧瑪怎樣？」

柏珍看我一眼，搖搖頭，沒有回答，接過飯就關上房門。

我聽到房裏傳來悽愴的哭聲，知道是奧瑪，我渴望幫助她，卻沒有能力幫助她。

過了幾日，老闆吩咐我去貧民區買東西，我連跑帶跳走到地鐵站去。

我很喜歡去貧民區，因為那是我的自由時間，可以閒逛一陣子才回去。

貧民區有修女建立的家，大家稱為「媽媽之家」。

有一次看見很多人，非常熱鬧，原來是修女封聖，沒有人教我什麼是封聖，我只知道有義工派蘋果，人人都有一個，那是我第一次食蘋果，覺得蘋果好好食，清香美味。

貧民區有許多外國人來做義工，有些外國人看見我，給我汽水或食物，我起初不知道原因，接過他們送的東西我就吃。

小時候跟阿姨來貧民區購物，首次看見金色頭髮的

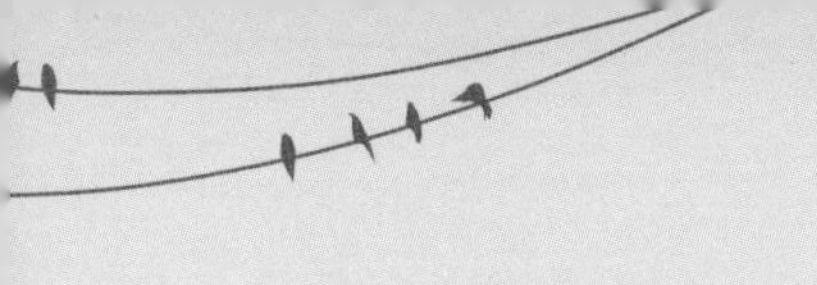

女人，跟她微笑，她給我一罐汽水，我從來沒有飲過汽水，連忙笑起來，不斷說謝謝。

阿姨用我不懂的語言跟金髮女人說話，那是我第一個學識的英文字，那是錢的意思，阿姨向義工要錢。

女人拒絕，阿姨繼續說錢的英文單字，女人掉頭離開，阿姨隨即用我們的地道髒話罵她。

阿姨拿走金髮女人給我的汽水，我很失望，但不敢多說。

阿姨帶我去購物，我才知道這是貧民區，物品價格較便宜。

阿姨教我貧民區和商業區的分別，要我去銀行辦事就是去商業區，要購物就要去最多窮人住的貧民區，而我們住的地方在紅燈區。直到多年後，我才知道紅燈區的意思。

老闆第一次要我單獨去購物的時候，我大概十歲，或九歲，反正我不知道自己的出生日期，大人說我像多少歲就是多少歲。

有次獨自前來購物，有個黑頭髮的姐姐給我一小塊朱古力，我很開心，用英語說多謝，沒料到她懂得用我們的語言說：「別客氣。」

我瞪大眼望向她，呆了好一會，她說：「我在這兒的大學修讀你們的語言和歷史的，我的名字是美倩，我來這兒服務。」

「什麼是服務？服務即是什麼？」我問。

「沒什麼，」她笑起來，露出雪白的牙齒，接着想了想，問：「你呢？你的名字呢？多少歲了？在哪兒上學？」

「我是小高，我不知道多少歲，沒有上學。」

「你想讀書嗎？」

「不知道，」我答：「我不知道讀書是怎樣的，沒有想過。」

「嗯，上學就是穿上校服回到學校，聽老師講解知識，小息時，可以跟同學一起玩耍。」

聽起來很有趣，但我要做的事情有那麼多，根本沒

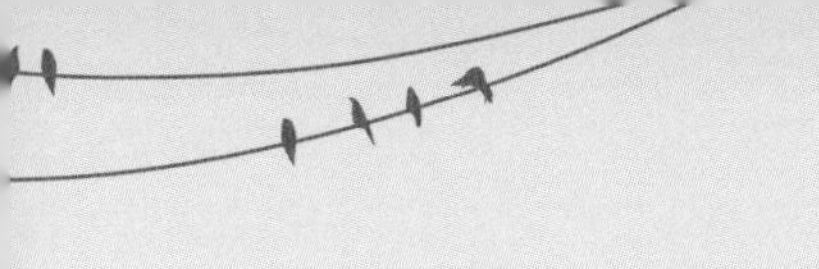

有時間讀書。

老闆和阿姨要我提防陌生人，尤其是不能跟人說我住哪一區，更不能談及我做什麼工作，所以，我沒有說下去，準備離開。

「小高，」美倩說：「你想讀書的話，可以來找我的，我會盡力幫助你。」

「我不用人幫助。」我說。

「我們交個朋友，朋友是互相幫忙的。你可以來我們的宿舍洗澡和拿取乾淨衣服的，你的衣服太殘舊啦，我陪你去洗澡更衣。」

「我有地方洗澡呀，我也有乾淨衣服的，我不用人幫助。」我生氣起來，將手上的朱古力交回給她。

「這朱古力是請你吃的，」她想了想，說：「人與人之間要互相幫助，不如你有空就來陪我閒聊，我們互相幫忙。」

我點點頭，雖然有點不明白，但不知怎樣說下去，只好離開。

經過小巷的時候，看見一個女人抱住嬰兒行乞，我將手上的朱古力給她，女人説：「不用了，你不用將乞來的東西給我。」

「我不是乞丐啊。」我生氣道。

「你不承認就算，但人人看見你都知道你是乞丐，別人才會給你零錢和食物。」女人説。

我感到全身的血液都凝固起來，整個人變成一塊石頭似的呆在那兒，那一刻，我才明白別人為什麼給我東西，原來他們把我看作乞丐。我看看自己又看看行乞的人，除了沒有蹲在固定位置外，我跟我遇過的乞丐根本沒有分別。

老闆給我的舊衣物實在太舊，加上我長得太快，很快就不合穿，但我依然穿那些太細件的汗衫和布褲。阿姨要我節省用水，幾乎不許我在那兒洗澡，我只好出外時在街邊洗髮和穿上衣服洗澡，順道洗衣服。

我望望行乞的女人，她和孩子都比我整潔，看來我比她更像乞丐，難怪有那麼多陌生人關心我。

由那天起，我盡量令自己不像乞丐，但每次去貧民區，依然有人給我零食，我學會微笑接受，然後收好，看見比我更需要的街童就會送給他們。

這幾年間，每次去貧民區都可能遇上美倩，她有時在附近，有時不在。

看見我的時候，她總是開心地笑，每次都喜歡問：「小高，來購物嗎？」

「對。」我每次都這樣回答，但我在心裏總想說當然來購物，難道來讀書或行乞嗎？

「你長高了，」她常說相同的話，沒有新意的，提及我的身高後，下一句就是：「記得想讀書就找我，你隨時都可以開始讀書的。」

其實我好想跟她說真話，我想讀書，不過，我知道找她沒有用，老闆不會讓我出去讀書的。想到這裏，我沒有說真話，也無意跟她說謊，每次都只是含糊回應：「嗯。」

「小高，你有其他需要都可以跟我說，我們是朋友啊。」她有時會多說幾句，還經常強調：「朋友要互相幫忙的。」

我不知道什麼是朋友，不過，我已經長大，與其問幼稚的問題，不如回應：「嗯。」

美倩又笑起來，她總是在笑，彷彿這個世界好好笑，任何事在她的眼中都是有趣的，其他人大多愁眉苦臉，很少像她一樣經常笑。

這天又要去貧民區的藥房買東西，我將老闆給我的購物紙交到店員手中，他看了我一眼，問：「帶夠錢了沒有？」

「夠。」我說。

店員很快給我一大包藥物，收錢後，輕輕說：「跟你的老闆說一句，要是病人情況惡化，要去醫院，不能單靠成藥的。」

「嗯。」我點點頭說。

店員又看了我一眼，眼神充滿憐憫，他說：「我有幾件舊衫，你會合穿的，你在這兒等等我，我入去拿給

你。」

我瞪大眼望向他，大聲説：「我不要，不要呀！」

他驚訝道：「別誤會，我不合穿才給你看看是否穿得上。」

我在心裏説我不是乞丐，我不是乞丐。

我感到胸口有點翳悶，轉身飛快跑掉，眼淚卻不爭氣流下來，我想跑去地鐵站，但走錯方向，不知道去了哪兒。

站在街頭，環顧四周，這是我不曾來過的街道，但我竟然有熟悉的感覺。

模模糊糊之間，我記得第一次來到這個城市的時候，應該是在這兒落車的。

我努力回想，但什麼都想不起。那時太年幼，有人將我抱來這個城市。我的腦海總是浮現夢境似的綠色，有個女人在我耳邊唱歌，我感到她很愛我，不知道她是否我的媽媽。人人有媽媽，我應該也有媽媽的，我的媽媽一定疼愛我。

我不斷回想，但腦海只有那片綠色，無法想起媽媽的樣子，也想不起爸爸和其他家人。我蹲在那兒哭起來，不知哭了多久，用手背抹乾眼淚之後，突然看見美倩抱住膝蓋，蹲在我對面望向我。

我嚇了一驚，差點跌到地上去。然後，覺得生氣和尷尬，大聲跟她說：「你為什麼跟蹤我？」

「我住在附近。」她笑説，然而，我依然覺得她在取笑我，站起來離開。

「小高，你去地鐵站嗎？」她的聲音從背後傳來，我沒有理會她，走得更快。

她跑過來説：「地鐵站在反方向啊。」

我站定下來，轉身，往反方向跑。

「小高，你遺下東西啊。」她説。

我慌忙停下來，這才發現我留下剛買的藥物，美倩看見紙袋貼上藥房的膠紙封口，説：「如果你的朋友生病要看醫生，可以來找我的。」

「你怎知我朋友生病？可能我買給自己呢？」我覺

得她愛管閒事，生氣地反駁。

她跟我一起往地鐵站方向走去，笑說：「沒有病人走得像你那麼快。」

聽罷我忍不住笑起來，問：「你為什麼要幫我的朋友？」

「你的朋友即是我的朋友，」美倩說：「我的民族有句話是『四海之內皆兄弟』，我們能夠遇上都可以做朋友的。」

我點點頭，即使不大明白她的意思。

美倩說：「嗯，我要去做其他事，不陪你去地鐵站了，你直行轉左就會見地鐵入口。記住，有事可以找我，沒事都可以找我閒聊，我們是朋友呀。」

「嗯。」我說，然後飛奔到地鐵站去，出來太久，我怕老闆和阿姨罵我。

我連跑帶跳地趕回去，幸好沒有人怪責，只關心我買的藥物，我這才知道奧瑪發熱，阿姨給她餵藥。

我在地窖等候，看見阿姨從樓梯走下來，連忙問：

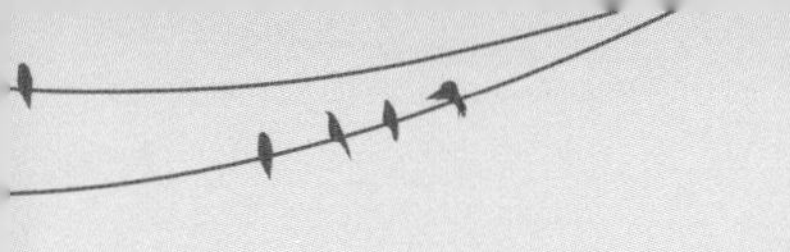

「她怎樣？」

阿姨望望四周，皺眉問：「你還未掃地嗎？」

「現在就去掃地。」我即時走去拿掃把，再問：「她怎樣？」

「要你關心她嗎？」阿姨的說話像從牙縫裏擠出來似的，跟剛才美倩跟我說話的表情語氣完全不同。

我低下頭，有點膽怯，但為了奧瑪，還是鼓起勇氣說：「藥房哥哥說，如果病人情況惡化，要去醫院，不能單靠成藥。」

阿姨沒有理會我，她轉身走開幾步，拿手機出來打電話。

我偷偷走近幾步，但不敢走得太近，在阿姨背後附近假裝密密掃地，聽到她說：「送她去醫院好嗎？我怕她死掉。」

我大吃一驚，趕緊將自己的拳頭放入口裏，才忍住沒有大喊出來。

「嗯，我照你吩咐做，多餵一次藥，如果她沒有好轉，我就送她去醫院。」阿姨說罷掛線。

我飛快跑回原處，放下掃把，拿起抹布抹地，阿姨走過，踢我一腳說：「手腳快點，快要做生意了，很多客人會來。」

「嗯。」我說。

天色暗下來，阿姨開始帶客人去女孩的房間，我聽到有個男人說：「我找奧瑪。」

「她今晚有事，不如找娜娜。」阿姨說。

男人從鼻裏哼了一聲，代表同意，阿姨帶他上娜娜的房間。

阿姨再下來時，我說：「送她去醫院好嗎？急症室很貴的，醫院門診快關門了。」

阿姨想罵我，但沒有罵，看了四周好一會，好像在思考，然後說：「你和柏珍送她去醫院，你先出去找篤篤車。」

我連忙出外，找到車夫後，柏珍和阿姨已扶住奧瑪走出門外。我接過手，跟柏珍扶奧瑪上篤篤車。我碰到

奧瑪的手臂，感到是燙手似的熱，望向柏珍，她沒有理會我，忙着向車夫説出醫院地址。

車夫踩車出發後，我不安地問柏珍：「她怎樣？病得重嗎？她會辛苦嗎？她……」

柏珍説：「別問了，要醫生才知道，我不知道。」

奧瑪好像熟睡了，臉色紅得像火，不時有夢囈呢喃：「媽，媽媽……」

這程車像永不完結似的漫長，我焦急得不斷冒汗，覺得奧瑪像火爐一般發熱。

到達醫院後，柏珍付款給車夫，我在同一時間抱起奧瑪，然後，跟柏珍一起跑入醫院找醫生。

醫生診症的時候，我和柏珍站在護士身旁，我知道柏珍跟我一樣緊張。

醫生跟我説：「你出去外面等候。」

我想知道奧瑪患了什麼病，要不要緊，但醫生顯然不想我知道，我望向柏珍，柏珍説：「你出去等，我會照顧奧瑪的。」

我只好走出去，看到晚上的醫院仍然有許多人走來走去。

醫院有廿四小時急症室，收費很貴。所以，老闆不會讓她們看急症，女孩患病的話，老闆會給她們藥物，要是吃成藥無法痊癒，才吩咐我們帶患病的女孩去醫院。不過，有些女孩去醫院後沒有回來，但沒有人跟我說原因。

偶然聽到阿姨跟客人閒聊說起，他們說有些女孩靜靜地從醫院溜走，逃跑回鄉，結果被他們捉回去，賣到更遠的地方，還有一些女孩在醫院死去。

聽到阿姨的說話後，我寧願不知道那些女孩沒有回來的原因，我希望她們全部康復，個個都逃走了。

好像等了一年那麼久，柏珍走出來說：「你找篤篤車，我們可以回去了。」

「奧瑪怎樣？」我緊張問。

「退熱了。」柏珍簡單說。

「醫生怎樣說？她有什麼病？」

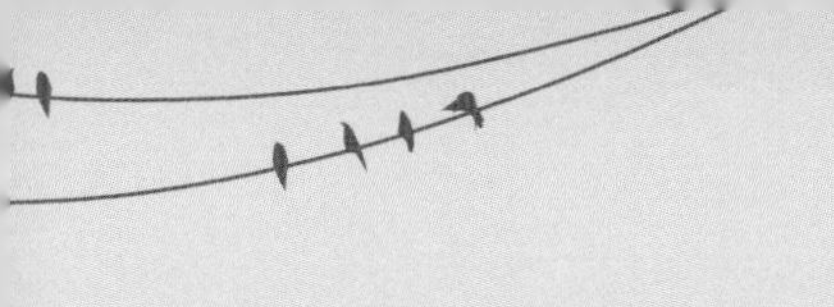

「你不用知道。」

我低下頭，望向自己的拖鞋，說：「我知道我只是一個乞丐似的小工，不過，我真是關心奧瑪的，並非好奇多事。」

「嗯，女性的病，怎麼跟你說呢？你放心，奧瑪會康復的。」柏珍笑起來，拍拍我的肩說：「誰說你像乞丐？小高是好看的男生啊。」

我笑起來，抓抓頭髮說：「我出去找車。」

找到篤篤車後，我回醫院抱奧瑪出來，她還沒有蘇醒，幸好身體已經不再滾燙。

我將她輕輕放在篤篤車上，柏珍抱住她，讓奧瑪倚在她身上休息。

柏珍跟車夫說了地址，但不是我們住的那幢平房。

車夫開車後，柏珍低聲問：「你可以清楚聽到我說話嗎？」

我僅僅聽到她的聲音，相信車夫聽不到的。我用同一聲調說：「聽到。」

「你聽清楚我的話，不要問，照做就可以。」柏珍認真說。

我不曾看見柏珍這樣嚴肅的表情，我坐直身子，點點頭，專注聆聽。

「待會兒先去一處地方，那是幫助妓女離開紅燈區的外國慈善組織，你用心記住地址，當奧瑪康復後，你帶她去那兒。」

「找誰呢？」我問。

「你跟任何一個人說都可以，自然有人接應的。」

「記錯怎辦？可以用手機拍下來嗎？」雖然手機是老闆的，但他不是經常翻查手機的東西，拍下來應該沒有問題。

「不可以，你只能用腦記住，不能讓任何人知道，尤其是老闆和阿姨，連老闆的手下都不可以，跟哥豹和阿森聊天時切勿提起，明白嗎？」柏珍細聲說。

「明白。」我壓低聲音回答。

篤篤車停了下來，我望出去，有幢跟我們住的房子

差不多的建築物，就像普通人住的民居。

柏珍說：「記住了沒有？」

「記得。」

柏珍跟車夫說了我們的地址，篤篤車繞了幾個圈就到，那是可以徒步的距離。

落車前，柏珍輕輕說：「你們在普通日子的下午前去，切勿讓人發現。」

「明白。」我說。

奧瑪不知由哪時開始醒過來，待柏珍落車後，我想抱奧瑪落車，她帶點尷尬地說：「不用啊，我可以自己落車。」

柏珍扶住奧瑪，先給車夫錢，然後跟我一人一邊緊握奧瑪的手臂讓她慢慢走入房子。

阿姨見奧瑪回來，鬆一口氣，跟我說：「你背奧瑪上去吧。」

我點點頭，但奧瑪不願伏在我的背上，有氣無力地說：「我可以自己上去。」

柏珍在阿姨耳邊說了幾句話，也許關於奧瑪的病，阿姨聽罷，說：「小高，你執拾好樓下的房間，讓奧瑪暫時住在樓下，不用上落樓梯。」

我即時照做。我努力清潔，為她換上最乾淨的牀鋪，然後，跟柏珍一起扶奧瑪回房，讓她休息，她很快熟睡了。

柏珍將冷水浸過的毛巾放在奧瑪的額上，繼續為她降低體温，奧瑪捉住她的手，說：「媽，我好口乾。」

我們知道她夢到媽媽，柏珍示意我去斟水，我即時跑去拿杯凍水，柏珍扶起她，我餵她飲水，奧瑪在半睡半醒之間飲了大半杯水，然後，輕輕躺回牀上，夢囈似的說：「哥，好掛念你。」

柏珍跟我說：「我們要休息了。」

我點點頭，問：「那幢房子……」

柏珍驚惶道：「你跟奧瑪一樣發夢嗎？快點走，我們要睡覺了。」

我拍拍自己的頭，想起柏珍說不能提起的，但見四

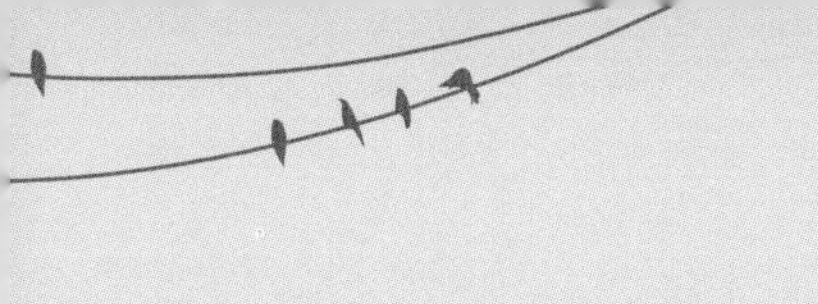

周沒有人，柏珍未免太謹慎，也太緊張了。

一星期後，奧瑪已經康復，不過，她越來越憂鬱，越來越瘦弱，我多麼希望她變回第一天遇見她時的健康模樣。

又有女孩生病，老闆寫了藥名要我去貧民區買藥物和日用品，我去到相熟藥房，把老闆的便條遞給店員。

他很快拿來我要的物品，說出總額，我付款後，問：「還有舊衣服嗎？」

「有，你要？」

「嗯，你穿得很好看，相信我合穿的話，都會穿得好看的。」我笑說。

「你等一會。」店員走入去，他住在藥房的。

沒多久，他給我紙袋，說：「你試試是否合穿？」

「謝謝你。」我說。

店員笑說：「朋友呀。」

「你當我是朋友嗎？」

「你當然是我的朋友，我是沙治奧，如果你要人幫忙，隨時來找我。」

「你為什麼當我是朋友？」

「我說出來，你不要生氣。」

「我不生氣，上次發脾氣，真是對不起。」

「我是孤兒，我猜想你同樣是孤兒，我們都需要朋友，可以做朋友的。」

「我是小高，他們說我是孤兒，但我覺得我不是孤兒，好像有人在很遠很遠的地方掛念我的。」

「小高，我有個朋友被人拐來這兒，後來他去修女之家，在電腦看地圖搜尋，終於記得出世的地方，現在已經回鄉了。」沙治奧說。

我首次聽到拐帶的事，很是震驚。

這時候，有個女人推門進來買藥，沙治奧連忙過去招呼她。

「我先走了。」我說。

「跟隨自己的心，你會找到最重要的。」沙治奧不忘轉頭跟我說。

我帶點茫然走出藥房，走到街角的水龍頭沖身和洗頭，然後換上沙治奧給我的汗衫和牛仔褲，只是稍稍大了一點，比以前的衣服好看多了，我將換下來的舊衣物扔掉。

我好開心，相信現在怎樣看都不再像乞丐，不會再有外國人給我零錢，我要帶奧瑪去那座平房，不能再穿得像乞丐似的。

徒步到修女之家找美倩，好想跟她説我有朋友，是她讓我知道我可以有朋友的。老闆、阿姨和那兒的女孩不是我的朋友，老闆的手下不是我的朋友，不過，美倩是我的朋友，沙治奧是我的朋友，希望奧瑪都可以是我的朋友。

走到大街的時候，遠遠看見很多人圍在一起看熱鬧，還未走近細看，已經聽到美倩的聲音。

我跑過去看，見到她用布袋為一個赤裸女孩遮掩，女孩低下頭，木無表情，反而美倩生氣得滿臉通紅，頭頂像要冒煙似的。

「你不能這樣對待自己的女兒，你知道嗎？你絕對不能這樣對她！」美倩大聲説。

不曾看見美倩憤怒的表情，我以為她只會笑，看見她流淚和罵人，有種不真實的感覺，不能相信眼前的是美倩。

有個女人不斷咒罵美倩：「你別管我們，你走開，我要她知錯，我有我的教女方法。」

圍觀的人只是在笑，他們大概生活無聊，想看奇怪的事。沒有人幫助美倩，也沒有人理會那個難堪的女孩。

我這才記得紙袋還有一件汗衫，連忙拿出來給美倩，她即時為女孩穿上。

「謝謝你，小高。」美倩説。

我想説朋友是互相幫助的，但相信她已經明白，沒有説出來，只是朝她點頭微笑，美倩隨即展露平日的笑容，她是明白的。

「你不能這樣對她的，莎依八歲了，不再是小孩，你不能在街上脱光她的衣服。」美倩的聲音沒先前的激

動，但仍有點生氣地說。

女人沒有看她，也沒有看她的女兒，我看她的樣子，知道她精神有問題的。曾有女孩精神有問題，老闆讓她回鄉。她當日的神情就像眼前的女人一樣，好像望見你，但眼神沒有焦點，根本沒有看見人。整個人空空洞洞，好像被掏空了，只留下軀殼。

「你讓我們安排莎依讀寄宿學校，她就不會再惹你生氣。」美倩說。

「不可以，你們不能碰我的女兒，我會報警的！」女人說。

「你再脱光莎依的衣服，我會報警告你虐兒。」美倩說。

「你走呀！別再管我們。」

圍觀的人看得津津有味，但沒有加入説話。

美倩問女孩：「你想跟我返院舍嗎？我們可以離開這裏的。」

女孩低下頭說：「不，我要陪伴媽媽。」

美倩歎了歎氣說：「要是你的媽媽再這樣無理取鬧的話，別理會她，跑來找我。」

女孩點點頭，然後指指身上的汗衫說：「這件衫不是我的。」

美倩望向我，我連忙說：「哥哥送給你的。」

「謝謝。」女孩說。

「別客氣，我們是朋友，朋友應該互相幫助。我是小高。」

「我是莎依，我沒有朋友的。」她的大眼睛閃亮閃亮的，長大後一定是美麗的姑娘。

我好擔心，她跟媽媽在街頭睡覺，真是危險。

美倩好像明白我的想法，說：「我勸她們住在院舍勸了許久，你是我們的朋友，有空勸勸她們吧。」

「你們走呀！別再跟我的莎依說話，你們不能搶走莎依的！」女人突然大喊。

「莎依長大了，無論發生任何事，你都不能脱去她的衣服。」美倩說。

「走呀，莎依是我的！」女人說。

「街上多壞人，你讓莎依住院舍吧。」我加入說。

「你們走！討厭！」女人不但責罵我們，還朝我們吐口水。

「我們走吧。」美倩歎口氣說。

「嗯，我要回去了，今日已經出來很長時間了。」我說。

「你今日的衣服很好看，像個上進少年呀。」美倩笑說。

「這是我的朋友送給我的。」我笑說。

美倩笑着拍了拍我的肩膀，跟我一起往地鐵站方向走去。

第四章　快樂寶寶

很久沒有見過爸爸，好掛念爸爸，不知道他變得胖了還是瘦了。

我和媽媽和弟弟在人來人往的大街一角生活，每日都有人給我們食物、舊衣服和零錢等。

媽媽說：「我們在這兒生活，不是乞丐，不要乞討。」

起初不知道什麼是乞丐，後來看見四周都是向人乞討的人，知道乞丐就是跟在別人背後，不停伸手要錢或食物的人。

媽媽有時對我和弟弟很好、很溫柔，有時無緣無故打罵我們，我好愛媽媽，但又好怕媽媽。

我們在這兒生活得好開心，我經常和弟弟四處遊玩，整條街都是我們探險的地方。弟弟很聽話，總是跟

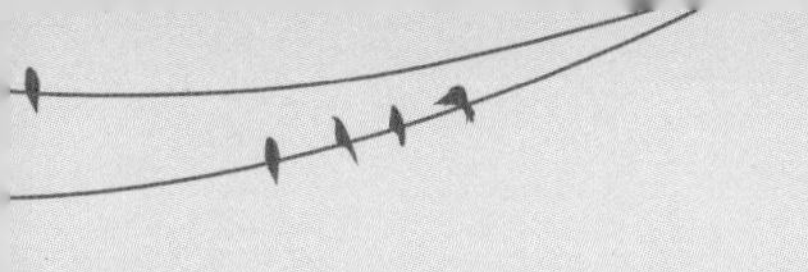

我一起玩耍，我愛弟弟，跟他一起跑來跑去最開心。

每天早上，我們只要坐在街頭一角，很快就會有人給我們食物，間中有美味的薄餅，但大多數日子，他們給我們的食物是難吃的，給我們好吃食物的人通常是外國人。

我問媽媽：「為什麼他們的頭髮顏色和樣子跟我們不一樣？」

「他們從外國來的。」媽媽說。

「他們來幹什麼？」

「做義工。」

「什麼是義工？」

「做了工作，但沒有收錢的。」

「沒有錢？他們怎會給我錢呢？哪裏來的錢？」我越聽越不明白。

「他們是傻瓜，整天要幫人，這個世界就是有人是傻的。我們大可接受他們給我們的東西，但不要跟他們說話。」媽媽總是說那些外國人傻的。

有個黑色頭髮的外國人最傻，她每天都經過，不時蹲下來跟我說話，雖然她是外國人，但她說的話跟我們的一樣。

「我是美倩，你們呢？」那個外國人蹲下來，笑着問媽媽。

媽媽沒有理會她，她望向我說：「你們呢？你們的名字是什麼？」

「我是莎依。」我說。

「你走呀！我們不想跟你說話！」媽媽突然喝罵她。

「我帶了一點糕點給你們，今天早上才蒸好的。」美倩說。

媽媽接過糕點，分了一半給我和弟弟，我吃一口，覺得非常美味，從來沒有吃過這樣清香鬆軟的蛋糕，弟弟很快吃完他的一份，我將手上剩下的蛋糕給他，看見弟弟吃得滋味開心的樣子，我感到好開心。

媽媽吃罷蛋糕，用手抹一抹嘴，美倩給她一瓶飲

品，媽媽高興起來，問她：「你是義工？幾時走？」

「我會長期在這兒服務的。」美倩姐姐說。

媽媽專注看着姐姐一陣子，但眼神很快又散亂，不再理會姐姐。

「妹妹和弟弟都很可愛，有上學嗎？」

「沒有。」媽媽想了許久才說。

「我們可以安排他們上學的。」

「不用。」媽媽說。

「莎依，你想讀書嗎？」

「想。」我說，我記得上學好開心的。

「我……」姐姐還想再說話，媽媽又大聲喝罵她：「你走！你走呀，別再來麻煩我們，你快點走呀！」

姐姐只是輕輕一笑，說：「我明天再來，你們想吃蛋糕嗎？」

「想呀，想呀。」弟弟跑上前抱住美倩姐姐說。

我和弟弟都在笑，只有媽媽生氣地叫：「你走呀，快走！」

我想跟媽媽說這是街道，任何人喜歡留多久就多久，但我不敢說。

美倩姐姐站起來，溫和地說：「明天見。」

自從美倩姐姐送蛋糕給我們吃以後，她和修女幾乎每天都會來跟媽媽說話，有時還帶來乾淨的衣服給我們替換。

我聽到她們的對話都是重重複複的，她們要媽媽帶我們去院舍居住，媽媽沒有理會，她們勸媽媽讓我和弟弟上學，媽媽沒有理會。

「讓莎依去學校讀書吧，她曾經讀書，很快可以升學。」她們總是這樣跟媽媽說。

媽媽心情好的時候會說：「有一天會帶她上學。」

心情不好就說：「走呀，別碰我的孩子！」

心情最差的時候，她什麼都不會說，只管坐在那兒，任由她們說話，好像一句話都沒有聽進耳內。

「政府為適齡兒童提供免費教育，你不能任由孩子留在街上的。」修女有一天這樣說。

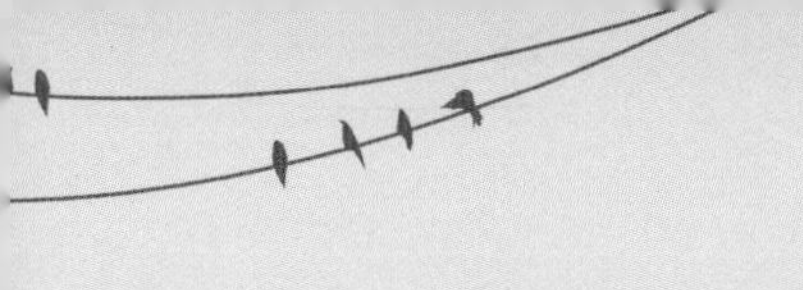

媽媽喝罵她：「你走呀！再不肯走開，我就會打你！」

「莎依長大了，這樣的女孩留在街頭是危險的，街上有壞人的，你要保護女兒，讓她讀寄宿學校吧。」修女說。

媽媽站起來，用手推開修女說：「走呀！」

修女跌到地上去，仍然保持溫柔的笑容說：「別讓孩子受苦啊。」

媽媽還想向修女動手，我抱住媽媽的腿說：「媽媽，別這樣。」

媽媽跌坐下來，說：「莎依，你知道媽媽是為你好嗎？」

「我知道。」我低聲說。

弟弟走過來抱住媽媽，媽媽抱住我們哭起來，修女搖搖頭，在我的耳邊說：「遇到問題就來找我們吧。」

我點點頭，示意明白。

我們睡覺的時候，媽媽讓我和弟弟靠牆睡覺，她睡在近馬路的一邊。這兒又熱又吵，起初很難入睡，後來習慣了，每晚跟媽媽和弟弟一起睡覺，即使是在街頭露宿，我都覺得好幸福。

差不多每天下午，這兒就會下一場大雨，下雨的時候，我們覺得涼快一點。

我和弟弟會走出去玩水，好像洗澡一樣。大雨過後，太陽又會出來，我們的衣服很快乾透。弟弟和我經常在街上跑來跑去，有時會碰見其他街童，大家一起玩一陣子。

這樣的生活過得很開心，除了弟弟生病之外。弟弟不時生病，媽媽就抱住他唱歌，附近的篤篤車車夫會給弟弟成藥，弟弟病好了又可以跟我四處去玩。

美倩姐姐經常走來跟媽媽說睡在街頭很危險，媽媽沒有理會，我知道姐姐是對的，渴望媽媽答應跟姐姐住在宿舍，但媽媽總是拒絕。

有一晚，我被奇怪的聲音吵醒，張開眼睛，看見有個男人搶媽媽的東西，媽媽要搶回我們的東西，卻被男

人推倒在地上。

男人發現我望向他們，狠狠盯我一眼，我很害怕，連忙閉上眼睛假裝睡覺，然後感到媽媽抱住我和弟弟，沒多久，我真的睡着了。

第二天醒來，我看見媽媽的腳流血，就跟媽媽說：「我去找修女帶你去看醫生。」

媽媽說：「不用。」

雖然媽媽說不用，但我還是跑去找修女。我們跟修女住的地方在同一條街，跑一陣子就到了。

那兒有許多修女，我不知道哪個修女是經常來勸媽媽的。有個陌生修女看見我，前來問我找誰，我想了想說：「我想找美倩姐姐。」

修女走入去一會兒，然後跟美倩姐姐一起出來。美倩姐姐蹲下來問：「發生什麼事？」

「我……」我剛開口說話，肚子裏就傳出咕嚕咕嚕的聲音。

「我們一邊吃早餐一邊說。」美倩姐姐說。

她拖着我的手帶我入去，我看見許多外國人在那兒吃早餐，桌子上有香蕉、麵包和茶，我拿起一塊麵包問姐姐：「可以拿兩塊給媽媽和弟弟嗎？」

美倩姐姐笑説：「當然可以，我幫你放在紙袋，待你吃罷早餐，我跟你一起回去。嗯，有事找我嗎？」

「媽媽受傷了，她説沒什麼，但我見她的腳流血。我在半夜看見有人偷我們的東西，媽媽被他推倒在地上。」我説。

「我們帶早餐出去食，走吧。」美倩姐姐笑説。

她拿了一紙袋食物，然後在門口附近的玻璃箱拿點東西，拖住我的手跟我一起走。

我的麵包還在手裏，未有時間吃。

我們回到媽媽那兒，美倩姐姐觀察了一會兒，問媽媽：「傷口痛嗎？」

「沒事。」媽媽説。

「我幫你止血。」

「沒有流血。」媽媽冷冷道。

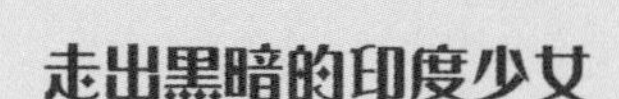

「我陪你去看醫生，你的腳扭傷了。」美倩姐姐微笑着説。

「你走，不用你管！」媽媽開始罵她。

姐姐坐在媽媽身旁，即使媽媽不停推開她，她還是幫媽媽的腳塗上藥水，然後用紗布包紮好。

媽媽的表情是滿意的，但説出來的話仍是：「你快走吧。」

姐姐微微一笑，溫和地説：「政府有免費教育，你不讓孩子上學的話，我們不能勉強你，因為這兒並非強制教育。你要睡在街上，我們不能勉強你住進院舍，但你可以為莎依和弟弟設想嗎？你讓他們上學，他們長大後才有謀生能力，照顧自己。你不能讓他們一輩子睡在街上啊。」

媽媽突然尖叫起來，大聲説：「你走呀！我們不用你理會呀！」

弟弟嚇得呆住了，我將手上的麵包交給弟弟，然後抱住媽媽説：「媽媽，姐姐是好人，別罵她。」

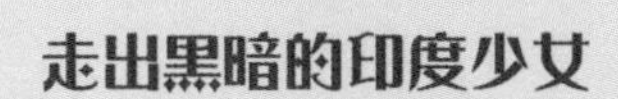

「你走呀！」媽媽喝罵。

街上有不少人走過來，好像看鬧劇那樣看媽媽罵人，美倩姐姐輕輕說：「你們休息一下，我遲點再來看你的傷勢。」

「快走呀。」媽媽還要罵人，我心裏覺得不舒服。

弟弟吃罷麪包，走來跟我說：「莎依，陪我去玩。」

我在紙袋再拿出一塊麪包來，弟弟雙眼發亮，用雙手拿住麪包，坐在地上專心吃他的美食，我跟弟弟說：「還有一塊麪包給媽媽的。」

「裏面有三塊麪包啊。」弟弟望向紙袋說。

這才知道美倩姐姐放了五塊麪包在紙袋，我讓弟弟多拿一塊，弟弟開心地笑，親了我的臉一下，我將餘下的兩塊麪包留給媽媽。

我和弟弟手拖手出去玩，一口氣跑到修女之家，看見美倩姐姐在那兒吃早餐，連忙跟她說：「對不起，媽媽無緣無故罵你。」

「沒關係。」姐姐說：「她要看精神科醫生，然而，她不肯求醫的話，我們不能帶她求診的。」

「精神病醫生特別精神嗎？」我問。

姐姐笑起來，說：「我們的大腦結構複雜，有時大腦生病，或會做出傷害自己和別人的事，看精神科醫生可以讓大腦回復正常。」

「我明白了。」我驀然明白媽媽的轉變，問姐姐：「媽媽是大腦生病嗎？」

「相信是，但始終要醫生檢查後，才可以肯定。」姐姐說。

「你帶媽媽去看醫生吧，我希望媽媽變回以前的好媽媽。」我說。

「媽媽很好呀，以前，以前的媽媽很好。」弟弟說：「現在，我有時怕媽媽的。」

「我的想法跟弟弟一樣，媽媽有時很好，有時很兇呀。」我說。

「我們會盡量勸她的。」姐姐說：「我最想她讓你

們上學。」

「上學是什麼？」弟弟問。

「上學很好玩的，跟老師和同學一起好開心，可以學到許多東西。」我説。

「在我的城市發現父母不讓孩子上學，我們可以要求政府介入，讓適齡學童上學。可惜，這兒沒有人理會。」姐姐説。

「我要聽媽媽的説話，媽媽説不用上學，她説不用上學就不用。」我説。

姐姐突然問：「你們想飲鮮奶嗎？」

弟弟望向我，我點點頭，姐姐走開一陣子，很快就拿來兩杯白色飲品和兩條香蕉，説：「你們坐在椅子上，慢慢吃，不用急。」

我和弟弟每天跟媽媽坐在街上，雖然鋪了報紙、舊布或毛巾，但坐下去依然不舒服，現在跟弟弟坐在椅子上，舒服得多。弟弟的雙腳比我的短，無法踏在地上，不過，他顯得更高興，不斷用雙腳踢來踢去，放下膠杯和蕉皮後，更在椅子爬上爬落，很是高興。

姐姐回來後，說：「我今天沒有特別的事要做，帶你們四處逛好嗎？」

「好呀，好呀。」弟弟馬上從椅子跳下來，拖住姐姐說。

姐姐笑起來，一手拖住弟弟，一手拖住我，帶我們四出閒逛。

我們去博物館，博物館很大很大，弟弟說疲倦時，姐姐抱起弟弟繼續走，還跟我們說故事。

博物館前面是市集，走過市集，姐姐帶我們去餐廳吃午飯。我很久沒有去餐廳吃飯，記得爸爸和媽媽曾帶我去吃飯，弟弟那時還小，大概沒有在餐廳吃飯的記憶，他對每件東西都好奇，不停張望。

「你們想吃什麼？」姐姐笑問。

弟弟伸出雙手，手掌向上，跟姐姐說：「給我吃的。」

「弟弟，我們不是乞丐啊。」我低聲跟弟弟說。

「不是這樣嗎？」弟弟疑惑問。

「我們吃炒飯好嗎？」姐姐問。

「好啊。」弟弟想也沒想就贊成，然後問姐姐：「什麼是炒飯？」

「我們待會兒就知道。」姐姐笑說。

我們等了好一會，才有個哥哥拿來一大碟炒飯，炒飯很香，我吃了許多，弟弟同樣吃了許多炒飯，他一直在笑，顯得很開心。

姐姐問：「好吃嗎？」

「好吃，我喜歡吃炒飯。」弟弟連忙說。

「我和修女會繼續勸你們的媽媽讓你們上學，遲點有空再帶你們去玩。」姐姐說。

我和弟弟一起歡呼，弟弟摟抱姐姐，還吻了她的臉一下。

大家回到媽媽那兒，看見她愁眉苦臉地呆坐，前面有些零錢，她經常說我們不是乞丐，但我們每天坐在街上，就算不出聲，別人都視我們為乞丐。

媽媽看見我們，以為她會高聲吵罵，但她沒有，只是輕輕說：「嗯，回來了嗎？」

「我帶他們四出走走。」姐姐說：「希望下次可以帶他們上學。」

「謝謝。」媽媽說。

姐姐流露錯愕表情，微微一笑，說：「別客氣，有時間再帶他們去玩。不過，睡在這兒始終是不安全的，你跟我回去，我可以即時安排你們入住院舍。」

「不用，我們很好。」媽媽說。

「入住院舍有人照顧你們，莎依和弟弟都可以上學讀書。」姐姐說。

「不說了。」媽媽不耐煩起來。

姐姐隨即笑說：「遲點再來看你們。」

「不用。」媽媽冷冷道。

姐姐跟我們說再見，弟弟笑說：「再見，姐姐。」

我上前抱了抱姐姐，姐姐身上有點清香，跟街上的汗臭味不同，我很喜歡跟姐姐一起的。

「再見，莎依。」姐姐說。

「再見，姐姐。」

弟弟追住姐姐再說：「再見，姐姐。」

姐姐蹲下來跟弟弟說：「弟弟真乖。」

弟弟對姐姐依依不捨，我跟弟弟說：「姐姐很快會再來，我們又會見面的。」

弟弟點點頭，一直望住姐姐遠去的背影，直至看不見她為止。

晚上，我們如常睡覺。

第二天醒來，發現原本睡在身旁的弟弟不見了。

「媽媽，媽媽，弟弟不見了！」我連忙推醒媽媽，媽媽沒有理會我。

太陽早已曬下來，街上很熱，有許多人走過，四周都是嘈吵的聲音，我跑到附近去找弟弟，找了許久，始終找不到弟弟。

「媽媽，」我回去推醒媽媽，說：「找不到弟弟，弟弟不見了！」

「弟弟去上學。」媽媽說。

「弟弟去上學？」我以為自己聽錯。

「是，弟弟去上學。」媽媽說。

「弟弟去哪兒上學？」我問。

「總之去了上學，你不用找他。」媽媽平淡說。

「媽，弟弟怎會突然去上學？」

「媽媽很累，你去買東西吃吧。」媽媽給我一些零錢，然後，繼續睡覺。

我到附近買麪包，回來後，坐在媽媽身旁吃麪包。

修女和姐姐走近，姐姐問：「莎依，弟弟呢？」

我望向媽媽，不知怎樣回答。

姐姐細看媽媽腳上的傷口，跟修女說：「幸好只是皮外傷，先前擦損，流了一點血，沒有傷及骨骼和筋腱，現在已經沒事了。」

修女問媽媽：「弟弟呢？弟弟在哪兒？」

「他走了。」媽媽說。

修女和姐姐神色大變，說：「我們要立即報警找

回他。」

媽媽突然翻過身來，然後坐在地上，一臉不高興地看了她們一眼，說：「你們走啦。」

「弟弟呢？」姐姐緊張問：「我們要找回弟弟。」

「不用找，他去了上學。」媽媽說。

「她說謊。」姐姐跟修女說。

「媽媽，弟弟在哪兒？我們要去把弟弟找回來。」我說。

「弟弟去了上學。」媽媽說。

「媽媽，弟弟見不到我們會害怕的。」我說。

「弟弟在學校。」媽媽說。

「哪間學校？」修女問。

「很遠的。」媽媽說。

修女和姐姐跟媽媽談了許多，大家說話重重複複，修女跟姐姐說：「我們回去吧，明天再找弟弟。」

「明天會找到嗎？」姐姐緊張問。

「如果明天找不到，今日說下去都是找不到的。」

修女說。

姐姐不情不願離開之前，蹲下來跟我說：「你要照顧自己，有事就去找我們。」

我點點頭，問：「弟弟會回來嗎？」

「不知道。」姐姐說。

沒有弟弟之後，整條街不再是我的遊樂場，我和媽媽繼續在街頭生活，我相信弟弟有一天會回來。不過，在弟弟回來之前，媽媽的情況轉差了。

中午如常下大雨，媽媽大聲地問我：「你幹嗎偷我的錢？」

「我沒有，我沒有偷錢呀。」我即時說。

「你有！你偷了錢，還不拿出來？」媽媽喝罵我，我很害怕。

「媽媽，我真是沒有偷錢。」

「你講大話！」媽媽說。

眼前的媽媽變得陌生，我害怕得瑟縮一角。媽媽突然把我拉出來，狠狠脫掉我的衣服，要我光着身子站在

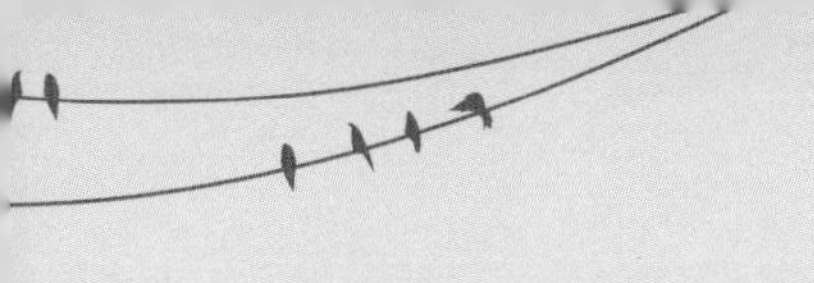

那兒。

四周的人都停下來看我似的，我好害怕，覺得異常難堪和無助，我向媽媽哭求：「媽媽，我沒有偷錢，真的沒有，你相信我啦。」

「你什麼時候學壞了，竟然偷媽媽的錢！你說，你將錢藏在哪兒？」媽媽狠狠說。

我見媽媽的五官有點扭曲，樣子跟平時很不同，她已經不是我認識的媽媽了。

路人不斷在笑，但沒有人勸媽媽讓我穿回衣服，直至美倩姐姐來到，她即時抱住我，我見她的眼淚密密流下來，但我竟然沒有眼淚，哭泣的不是我。

「你這是虐兒，你不能這樣傷害莎依的！」姐姐沒有笑容，大聲跟媽媽說。

有個哥哥給姐姐汗衣，姐姐幫我穿上，原先圍觀的路人開始離開，我好想跟姐姐住寄宿學校，但我愛媽媽，不能讓她一個人留下來的。

晚上，媽媽跟我道歉：「莎依，是媽媽不對，你沒有偷錢，我找回那些錢了。」

「媽媽，我們可以找回弟弟，回去跟爸爸一起生活嗎？」我問。

「你爸爸不要你們，他跟那個女人一起。」

「誰？」

「買洋娃娃給你的女人。」

「代你煮飯的姨姨。」

「我討厭她喚你快樂寶寶，你是我的莎依。」

「媽媽，可以找回弟弟嗎？」

媽媽躺下來睡覺，沒有再理會我。

第五章　秘密

我從沒想過地獄就在人間，寧願一輩子住在鄉下，城市真是可怕。

來到城市以後，阿姨有天早上來到我的房間，其他女孩看見她都出去，只餘我們兩人。

「你知道家鄉天旱失收，你們一家快要餓死嗎？」

我點點頭，我知道我們的食物越來越少，大家都餓得消瘦下來。

「你的爸媽將你賣給那個帶你來這裏的女人，女人再將你賣給老闆。因為你，你的一家都有錢買足夠的食物。」阿姨說。

「謝謝你，我可以幫你們工作的。」

「你當然要幫我們工作，你的父母將你賣來紅燈區，可是別埋怨他們，他們不能任由全家餓死的。每個來到這兒的女孩都是被現實逼到走投無路，走到最後一步才出賣身體。」阿姨說。

「我可以幫你們做家務和清潔，我可以還債的。」我懇求阿姨。

「不用多說。」阿姨說：「我們這裏是妓院，不是慈善機構。」

「阿姨，我會還錢給你們的。」

「你連同利息還錢給我後，大可以走。」阿姨說。

「阿姨，不要逼我。」我堅決說。

「我們不會逼你的，無論如何，你都要還債的，你不還債的話，我們要你的父母還債，到時候，你們一家又會餓死，你忍心嗎？」阿姨不帶感情地說。

我哭起來，求她：「我會還債的，你讓我做其他事還債，我可以做小高的工作。」

「你做你的工作好了。」阿姨說。

我想起媽媽帶我去市集買紗麗的情景，想起爸爸買回來的粟米，想起爺爺、哥哥、弟弟和兩個妹妹，他們

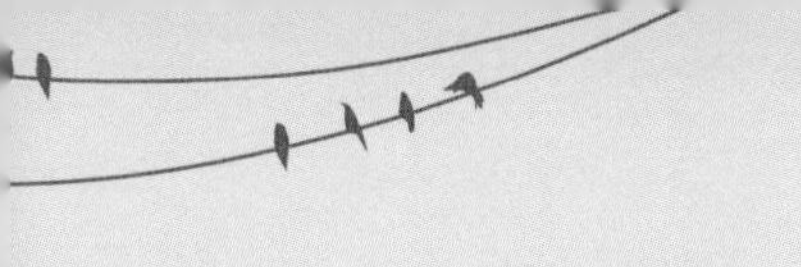

現在應該不用再吃薄得透光的薄餅了，為了他們，我已經沒有退路。

媽媽經常說天國和地獄的故事，原來不用死去，活在這兒就如活在地獄。

我無法忘記小高和柏珍捉實我，阿姨扯開我的嘴巴，老闆將烈酒灌入我的胃的情景，我無法忘記在這兒的一切痛苦時刻。

我開始發燒，阿姨給我藥物，但我仍然辛苦，迷迷糊糊之間，我知道柏珍和小高帶我去醫院的。

我想死去，又怕父母無法還債，很難過，卻不知怎樣離開那個可怕的地方。

從醫院回來以後，我躺了三日三夜。

有天在半睡半醒之間，隱約聽到柏珍跟我說：「你要堅強，你一定可以還清債務離開的。」

我以為發夢，但又聽到柏珍繼續說：「小高會幫助你的，你相信他，找一個下午跟他出去。」

我想回答，但說不出話來，然後，房裏回復寧靜。

康復以後，沒有再見過柏珍。

我問其他女孩，沒有人知道她去了哪兒，只説她突然走了。

有天下午，我跟阿姨説：「我不舒服，可以去看醫生嗎？」

「有藥呀。」阿姨説。

「我怕再病一次，要休息更長時間啊。」

「好吧，我叫小高陪你去看醫生。」阿姨隨即大喊：「小高！小高！」

小高從地下跑上三樓，一邊喘氣一邊説：「阿姨，小高到。」

「你陪奧瑪去醫院門診看病，今次搭地鐵。」阿姨給小高一點錢，小高望向我，沒頭沒腦地笑起來，看來就像傻瓜。

我心裏高興，但保持生病的模樣説：「好啊，我們出去了。」

「快點回來，別四處逛。」阿姨説。

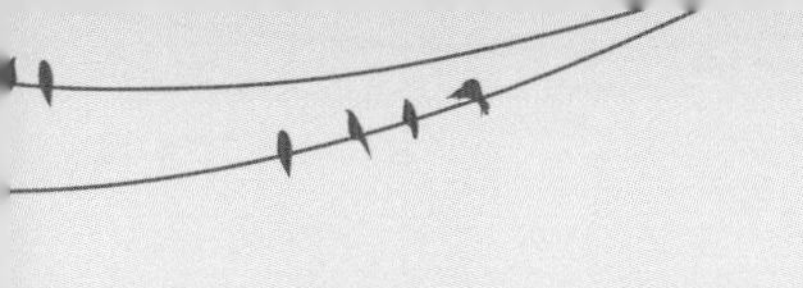

我和小高向地鐵站方向走去，小高四處張望，然後說：「我帶你去一個地方。」

「什麼地方？」

「柏珍要我帶你去的，她說可以幫助你的。」

「柏珍呢？她去了哪兒？」

「她回鄉了。」小高說：「我為她高興呀，她儲夠錢還給老闆，悄悄溜回鄉了。」

「她為什麼不跟我說？」

「她說不能讓其他人知道，你記住，不要跟別人說我帶你去的地方，她悄悄跟我說的，就算別的女孩知道，大家都不會說出來的。」小高緊張起來，一邊走一邊四處看，生怕碰到老闆和阿姨的手下。

「我明白了。」

小高帶我轉了幾個街角，走到一幢民房，然後帶我入去。

樓下沒有人，我們走上二樓，看見一個穿紗麗的女人在工作，小高說：「請問你們是否可以幫助女孩離開紅燈區？」

「嗯，」女人說：「你們走去第一間房，跟房裏的人說吧。」

小高帶着我走過去，他依然四處看，比我還要緊張似的。

我們來到房外，看見有個外國女人在傾電話，聽起來並非說我們的語言。她看見我們，匆匆掛線後，走出來跟我們傾談。

我不懂外語，但想跟其他人說話，相信小高一樣，我們就這樣站在門外，不知如何跟她打招呼。

「我是愛美麗，你要我們協助嗎？」女人以我們的語言說，我們同時鬆一口氣。

「要呀，我們要呀。」小高說。

「你是男妓嗎？」愛美麗問。

小高呆住了，我忍不住笑起來，這是我離開家裏以後，第一次真正地笑。

「不，不，不是呀。」小高連忙說：「我在妓院做

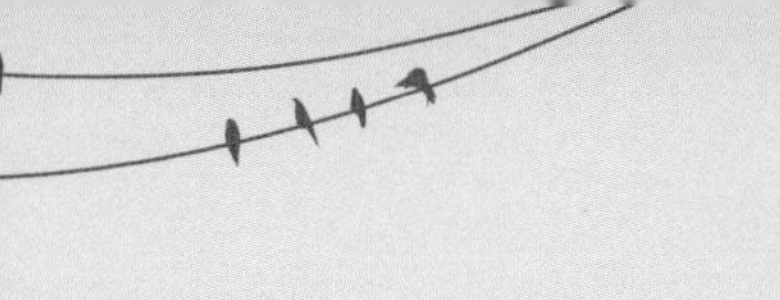

雜工。」

「你在這區出世嗎？」愛美麗望向小高問。

「不是。」小高說。

「看你的輪廓像南部的人，你怎會來到這兒呢？」

「我不知道，他們說我沒有父母，在我很小的時候，就在街上帶我回去的，但我隱約記得我有父母，還有很綠很綠的環境。」

「你被人拐帶來的嗎？」她認真問。

小高好像從來沒想過這問題似的，一時之間不知怎樣回答。

愛美麗輕輕問：「你有上學嗎？」

「沒有。」小高說。

「識字嗎？」

「識少許，老闆經常寫字條要我買東西，我乘地鐵的時候會認字。」小高說。

「我們幫你離開這兒好嗎？」愛美麗問。

「我想你們先幫助奧瑪。」小高說。

愛美麗望向我，我不待她發問，已經搶着説：「我願意做任何事，只要離開那兒，除了賣淫，我願意做任何事。」

愛美麗笑起來，輕輕拍我的手臂説：「別激動，不用做任何事，單是縫紉就可以。」

「真的？」我生怕聽錯，重複問：「我可以學縫紉的，我什麼都願意學和願意做，你可以幫助我即時離開那裏嗎？」

「不可以。」她直接説。

「我求你幫助她，我都可以學縫紉的。」小高説。

我很難形容那種失望，但聽到小高認真地説要學縫紉時，跟愛美麗一樣忍不住笑出來。

「你欠了多少錢？」

「我不知道。」

「我知。」小高説：「奧瑪來之前，我聽到阿姨跟老闆説花了多少錢買她回來的。」

聽到實際數目後，愛美麗想了好一會，才説：「我

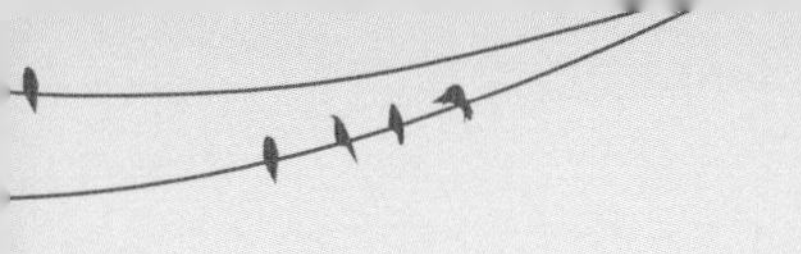

們不會說空泛的安慰，而是給大家實際工作，讓女孩能夠靠自己的雙手掙錢，從而離開紅燈區的。」

「我可以呀，我可以努力掙錢的。」我連忙說。

「操控妓女賣淫的人並不喜歡我們這樣的慈善組織，所以，我們的地址盡量保密，你們每次來都要先繞路而行。你們可以看見這兒沒有招牌或任何標記，就像普通民房。我們在這樣的民房服務超過十年，還可以生存下去，可見操控妓女的人或組織並非完全不知道，而是沒有趕盡殺絕。」愛美麗說。

「我們不明白你的意思，你可以講清楚一些嗎？」我問。

「我的意思是我們不能開罪你們的老闆。」愛美麗簡單地說。

「我還是不明白呀。」小高說。

「你們慢慢就會明白的。」愛美麗說：「讓我為你們介紹這兒的工作。你們女性傳統服裝紗麗原是一塊美麗的布，纏繞在身上就是漂亮衣服，我們就是以紗麗協助女性自力更生。女孩將回收的舊紗麗洗淨，一層一層的鋪疊縫補起來，變成一匹布，然後再縫補破爛部分，將多層舊紗麗縫成厚布。」

「我可以做的，我做得到。」我連忙說：「只要能離開那地方，我在這兒打工一輩子還債都可以。」

愛美麗望向我，輕輕一笑，想了想以後，說：「性工作者可在這兒學習剪裁縫紉，大家會縫製被單、背包、手袋和化妝袋等，每個人都會獨自完成一件製成品，內裏沒有洗衣標簽，倒有製作人的名字。當顧客購買一件物品時，等同讓這個女子多一分自由。」

「我們明白了。」小高說：「奧瑪只想離開那兒，我們不用了解每個細節呀。」

「你們不了解就行動，可能由一個地獄跳到另一地獄去。」愛美麗語氣堅定說。

我和小高怔住了，我們事前沒有想過了解這個慈善組織，我只是急於離開那個人間地獄，沒有想過胡亂逃跑，可能是走向另一地獄。我的心安定下來，靜靜聽愛

美麗解釋。

「我們只能暗中幫助，以免惹怒淫窟的人，要是他們來到這裏找麻煩，我們不能繼續幫助紅燈區的女孩子啊。」

「要等多久？」我問。

「她們每個月多掙一點錢，每個月就能夠多一點自由選擇。」愛美麗認真思考一陣子說：「沒有確切的日期，視乎女孩欠債多少，以及她們的製成品有多少。以我所知，最快是一兩年時間，有些女孩要幾年時間。」

我感到暈眩，原本已經絕望，但是小高帶我來到這裏，給我新的希望。然而，在我最期待的一刻再讓我絕望起來。我不願回去，我寧願死都不願回來。

小高緊握我的手臂，愛美麗拿來椅子讓我坐下來，再給我一杯暖水，我聽到小高緊張地問我：「你要看醫生嗎？幹嗎突然面色蒼白？你頭暈嗎？要看醫生嗎？」

愛美麗說：「我知道對你來說是打擊，但我們不能讓性工作者即時離開紅燈區的，很抱歉，我們辦不

到。」

「再回去那個地獄的話，我寧願死。」我感到全身壓了鉛塊，尤其在胸口，我沒有能力再面對人生了。

小高像想起什麼似的，說：「你幫幫她吧，不然她會傷害自己的，她曾經病得快死，要去醫院，你幫幫她吧！」

「我們的組織運作多年後，加上捐款，才可以購買這幢民房做永久會址，讓女孩有地方學習和工作，從而走出命運桎梏。除了這幢自置物業外，附近還有一幢民房做工場和展銷，我們不能因為一個女孩而令組織無法在這兒立足的。」愛美麗說。

小高突然下跪，向愛美麗叩頭說：「你幫幫她，我願意做你的奴隸。」

我和愛美麗大嚇一跳，愛美麗即時把小高拉起來，帶點生氣道：「你幹嗎下跪？男孩子不應隨便向人下跪的。」

「從小到大，每次買錯東西或清潔不夠乾淨，老闆和阿姨都要我跪下來道歉，下跪沒什麼啊，我求你幫助奧瑪，讓她即時離開那兒。」小高說。

沒想過小高這樣關心我，感動得流下眼淚，愛美麗指向前方的工作室說：「你們看，在這兒有不少年紀較大的女性，她們已經工作多年，現在負責訓練新人。我要對每一個人負責，不能為了一個女孩子破例的。」

小高又跪下來，我從椅子站起來，拉起小高坐在椅子上，跟他說：「下跪是沒有用的，你以後不要這樣，不要對老闆、阿姨或任何人下跪，不要懇求別人，那是沒用的。」

小高坐在椅上哭起來，起初是密密流眼淚，後來是放聲大哭，附近的女人都望過來，愛美麗一臉尷尬，說：「你別哭，我明白你們的處境，讓我跟總部商議，看看有沒有辦法幫助你們。」

愛美麗走回房打電話，我見小高哭得那樣傷心，自己都難過起來，又為剛才責罵小高而感到歉意，我憑什麼責罵他呢？

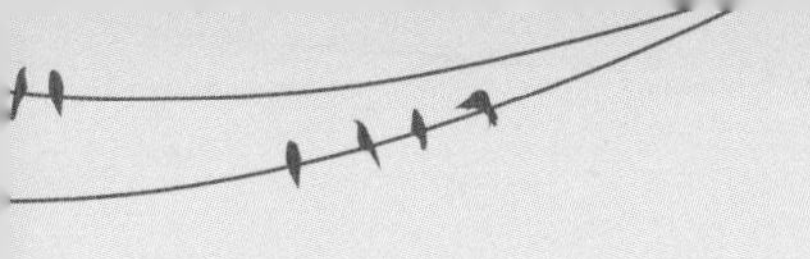

小高低下頭哭泣，哭得雙肩不停郁動，我輕按他的肩膀，眼淚都滴在他的身上，說：「對不起，我不應該罵你的。」

「我無用，我沒有用，除了跪下來求情之外，我什麼都不懂。我無用，我無法保護自己最愛的女孩子。」小高說。

我雙頰感到燙熱，即時站遠一步，從來沒有人說最愛我，包括我的父母和祖父母。小高總是髒髒的，有時跑來跑去，身上還有汗味甚至是酸臭味，但他真是愛我的，我知道他是這樣愛我，但我愛他嗎？我有能力去愛別人嗎？我連自己都不愛，我是這樣厭惡我的生命，如果不是掛念家人，我早已死去。

有個女人給我們一人一杯水，她抱了我一下，然後說：「我明白你的情況，若干年前，我同樣為了掙錢來到這兒，你放心，你一定可以離開的，我目睹不少農村女孩在組織協助下已掙夠錢回家鄉，有些女孩繼續在家鄉縫製這些工藝品，郵寄回來掙錢。這樣一來，就算農村再遇天災失收，她們都可以掙錢買米，不用再賣身掙錢了。」

「我怕我等不到離開那一天。」我說。

小高用手背抹乾眼淚，那動作就像離開前一晚看見爸爸流淚，他同樣用手背抹乾眼淚，眼前的小高讓我想起遠方的爸爸。

小高一口氣喝盡那杯水，站起來，又想向女人下跪似的。我有點憤怒，但更多的是難過。小高從小到大，到底向老闆、阿姨和其他兇惡的人下跪多少次呢？

小高驀然望向我，表情有點尷尬又有點不好意思，伸直了正想屈曲的雙膝，站在女人面前問：「你可以幫助我們嗎？」

女人說：「我希望可以幫助你們，但我辦不到。在職的性工作者不能立刻離開紅燈區，她們會在上班前，偷偷走來交收製成品，下班後，回家做縫製工作，待她們有經濟能力，才能夠告別紅燈區。」

小高低聲問：「你認識柏珍嗎？」

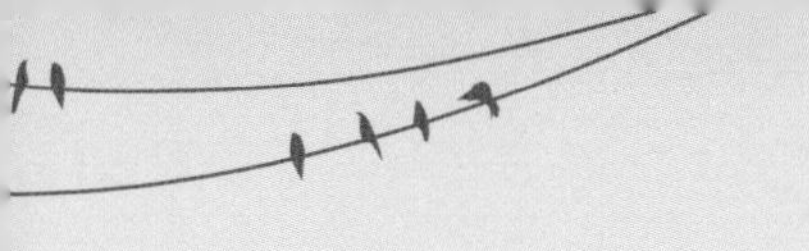

女人微笑，沒有回答。

我這才知道柏珍一直在房裏偷偷縫紉，即使我跟她住在同一間房，我都不知道她的秘密，可見她們不會透露是否認識柏珍，這都是為了保護女孩子。

小高彷彿明白過來，說：「她做了那麼久都無法離開……」

「這個慈善組織為保障女孩的健康和將來，還有四大服務，包括：工藝培訓、上學計劃、醫療檢查和愛滋病支援服務。我原先有病，全靠組織幫我治療。我無法回鄉，也沒有地方可以去，只能夠一直留在這兒，有些女孩子……」女人望向我們稍作停頓，我們知道她談及的是像柏珍那樣的女孩，聽到她繼續說：「要留在紅燈區長時間一點，因為欠債多，也沒有時間和空間縫製東西，偷偷地為我們工作的更不能縫製大型的背包和袋，要慢慢掙錢。」

我聽完有點不知所措，柏珍曾說她在那兒五年，如果連她都要那麼長時間才可以離開，我憑什麼比她更早離開呢？

女人好像看透我的想法，說：「許多女孩第一次收支票會露出難以置信的驚喜表情，那是她們首次看見有自己名字的支票，首次憑自己選擇的工作掙取金錢……我每次看見都好開心和感動。」

「我會有自己名字的支票嗎？」我問。

「每個努力工作的女孩都有回報的。」她笑說。

我的心安定下來，但一想到要重返地獄，眼淚不自覺地流下來。

小高說：「不要哭，我會再求愛美麗幫助你。」

「小高，我明白了。」我說：「如果我可以即時離開，對其他女孩子也不公平，大家同樣處於痛苦深淵，我憑什麼說走就走，而她們要慢慢縫製東西儲錢呢？」

「奧瑪，說得對，你真是聰明。」愛美麗的聲音突然後在背後響起，斟水給我們的女人看見她回來，於是拿回水杯離開。

「奧瑪，你下定決心無論怎樣辛苦都要離開嗎？」

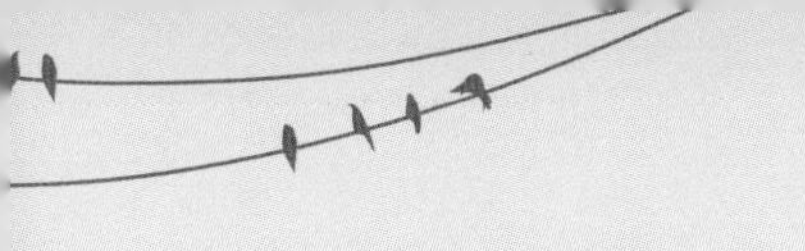

愛美麗繼續問。

「我下定決心了，我可以不眠不休工作，我可以做任何事，除了……除了……」我連賣淫都說不出口，一想起就覺得痛苦不堪。

「我跟總部聯絡過，你跟其他女孩不同的是你和小高一起。」愛美麗望向小高說：「我們相信小高在小時候被人拐帶，才會留在這個城市。當然，我們不知道是他的老闆直接拐走他，抑或有人拐帶他，然後將他賣去淫窟。」

我和小高望向愛美麗，不大明白她的說話，期待她說下去。她跟小高說：「你想離開嗎？」

小高還未說話，眼淚已經流得一頭一臉，他說不出話來，只管不斷點頭。

「現在的法律保障多了，如果小高控告他們拐賣，他們會好麻煩，所以，奧瑪，我們可以借錢給你，讓你可以和小高一起離開紅燈區。」

她給了我新的希望，我連忙問：「我們應該怎樣做呢？」

「你們切勿讓人知道我們幫助你，這是我們之間的秘密。」

「知道，知道。」小高又想跪下叩頭似的，愛美麗瞪他一眼，他即時用手背抹乾眼淚說：「謝謝你，我不懂得怎樣做，只識跪下叩頭以示感謝，我真的不知道可以怎樣做。」

「我都不知道怎樣做對你們最好，如果你們留在這個城市，我們可以安排你們讀書，但留在這兒的話，我怕你們碰到老闆的人，下次就不知道會將你們捉去哪兒，所以，你們還是回鄉吧。」愛美麗說。

「我不知道怎樣回鄉。」我說。

「我連鄉下在哪兒都不知道。」小高比我更沮喪，說話聲音低不可聞。

「奧瑪，你留在這兒日子短暫，這是借給你的現金，你們回去還錢給老闆，請他們讓你們離開。」愛美麗說。

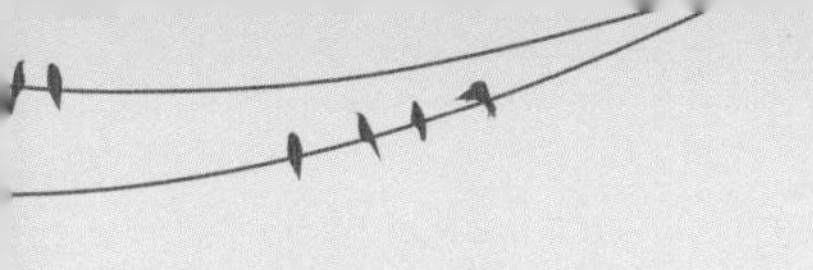

「如果他們不答應呢？」奧瑪問。

「他們肯定不答應的，因為你留下來可以幫他們掙更多錢，這是我原先說不能立刻離開的原因。」愛美麗說：「這時候，小高，你要鼓起勇氣跟老闆說，你有證據證明他們拐賣你到這個城市，如果他們不讓你和奧瑪離開，你就去報警和控告他們。」

「我……我好害怕。」小高說：「老闆有許多兇惡的手下，他們會打死我的。」

「別怕，」愛美麗說：「這是用電話卡的手機，裏面有我們認識的警長電話，你給老闆看，你說早已致電警長跟他說，如果你們不能安全離開，再致電跟警長說一句，警方就會徹查老闆的生意。」

「真的嗎？」我問：「如果老闆知道我們騙他，我不知道有什麼後果。」

「真的，警長是我的朋友。」愛美麗說：「我跟他說過了，要老闆用這部手機致電，那是警長的直線電話，他應該知道的。」

「萬一老闆依然不答應呢？」我見小高害怕得全身顫抖，只好鼓起勇氣再問。

「他們求財而已，老闆都不想惹麻煩，拐賣兒童罪名不輕，加上奧瑪已經還錢了，他應該會放你們走。」愛美麗説。

「我……我們……可以走的話，走來找你嗎？」小高顫聲問。

「切勿再來。」愛美麗即時説：「你們去修女創辦的慈善機構，他們會安排你們離開的。」

「我怎樣工作還錢呢？」我問。

「你跟任何一個修女説要去找義工美倩，她會聯絡我的。」愛美麗説。

「黑頭髮的義工美倩嗎？」小高問。

「對，你認識她？」愛美麗笑問。

「我們是朋友，我去那區買藥時見過她，她很好人呀。」小高説。

「就是她，她可以跟任何人做朋友的。」愛美麗笑

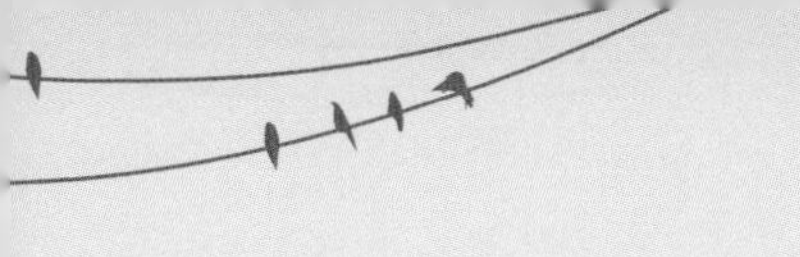

說，然後將現金交給我，再將手機交給小高。

我從來未見過那麼多錢，雙手有點顫抖，輕輕問：「如果我們不再出現，或不願還錢，你怎麼辦？」

「這是我私人拿出來的，並非組織的錢，我信任你們，你們一定會聯絡我，一定會還錢的。」愛美麗說。

我好感動，父母將我賣給老闆後，我知道連父母都不能信任，但愛美麗竟然相信我，給我那麼多錢並信任我肯定歸還。我連自己都不敢信任，一個首次見面的外國人竟然信任我，我不懂得表達此刻感覺。

「你們快點回去吧，解決事情後，即時乘地鐵去找修女或美倩。」愛美麗轉頭問小高：「你應該知道怎樣去？」

「知道，我會帶奧瑪去找美倩的。」

「很好，你們不要再來，不要直接聯絡我，你們透過美倩聯絡我。」

「謝謝你。」我抱住愛美麗說。

「謝謝。」小高跪下來說。

「你……」愛美麗想拉起小高，但小高比愛美麗高大強壯，他還是跪在地下説：「謝謝你，這是最後一次下跪，我以後不會，你教識我不要隨便下跪的，但我不知道怎樣表達感謝。」

愛美麗説：「你起來，我們握手道別，你以後要挺起胸膛，站直做人呀。」

「謝謝你。」小高又一臉眼淚鼻涕，相信我也如是，連愛美麗都感動得掉下眼淚。

我們三人互望一陣子，一起笑起來，愛美麗給我們大大的擁抱，我知道小高跟我一樣感到温暖。

第六章　生命就是喜樂

這是最緊張的一天，也是最快樂的一天。

我和奧瑪回去，老闆跟一班手下外出未返，我們只見到阿姨。

阿姨看見奧瑪，兇巴巴說：「快換衣服，有客人在等你。」

我怕得要死，還在思考怎樣跟阿姨說的時候，奧瑪已經語氣堅定說：「我不幹。」

阿姨冷笑一聲，說：「發夢都沒有那麼早，你說不幹就不幹，你以為自己是誰？」

「我有錢，現在可以還錢，連同利息，你給回我父母簽的借據。」奧瑪語氣堅定說。

阿姨笑得更誇張，說：「我們可以收了錢，然後要你繼續在這兒賣淫，你就算報警，都沒有證據證明我們收了錢。況且，你根本不能再出外了。」

奧瑪沒有想過阿姨會這樣，臉色大變，全身顫抖，差點跌在地上。

我好害怕，但無論多麼恐懼，為了奧瑪，我極力以鎮定的聲音說：「如果你們不放過奧瑪，我會控告你們拐帶。」

「拐帶誰？」

「拐帶我。」我大聲說，其實不用大聲，只是太害怕，大聲是壯膽的。

「你別讓老闆知道你這樣說，我不知他會怎樣懲罰你。」阿姨比我更大聲說，我知道她開始害怕，她和老闆都沒有想過我知道他們拐帶我的。

這時候，老闆和四個手下一起回來，看見我們和阿姨，走近問阿姨：「他們幹什麼？」

「奧瑪拿錢來贖身，而小高竟然說我們拐帶他，他們想走。」阿姨說。

「很簡單，跟以前一樣，錢照收，人照留下來。」

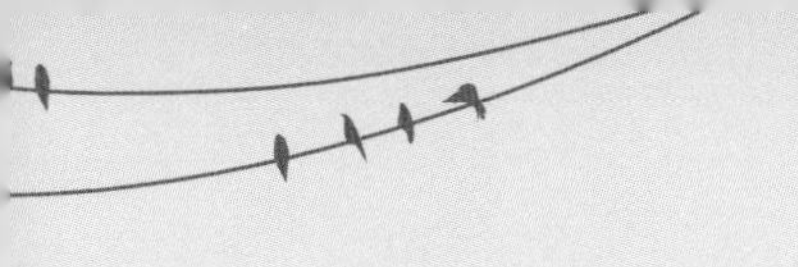

老闆冷冷說。

奧瑪顫抖得很，我怕她暈倒，捉住她的手。

我們只有兩個人，面對的是老闆跟手下合共有五個人，還有阿姨，我們根本不能逃跑。

「帶奧瑪回房，許多客人找她的。」老闆冷冷說：「將小高帶去我兄弟那個城市，他不能再作反。」

我怕得想哭，但我要照顧奧瑪，這時想起愛美麗的電話，即時拿出來說：「老闆，我們回來之前已經知會警長，如果我們不能安全離開，無法致電跟他聯絡，他知道這兒的地址，會即時派人來的。」

「你嚇我嗎？」老闆笑說：「你怎可能認識警長，你說謊吧？」

「這是他的電話，你可以致電問他。」我說。

老闆示意阿姨前來拿電話，我開了通訊錄，只有警長的電話。阿姨走到一角跟他通話後，回來跟老闆說：「真是警長，他知道這個手機號碼是小高的。」

「就算你們立刻搬走，警長都有你們的資料，如果我們平安離開，大家就會相安無事。」奧瑪冷靜地將愛美麗教我們的說話背誦出來。

我馬上取回阿姨手上的手機，看見老闆猶豫起來，我說：「我幫你工作那麼多年，你放我走的話，我不會追究。奧瑪已經幫你們掙了不少錢，現在，她歸還父母借你們的錢，還加上利息，你們沒有損失，求你們做做好人，放我們走吧。」

老闆跟手下說：「帶他們去另一個城市。」

「警長很快就會到的！」奧瑪大聲說，可見她非常害怕。

「他不會找到證據，我可以說不認識你們。」老闆不屑地說。

「我有許多朋友，他們會找我的，他們一定能找到你。」我說，聲音已經有點震動，無法假裝鎮定。

「笑話，你怎會有朋友？」老闆說。

「我有，我這身衣服是朋友送給我的，我還認識外國人，我認識警長。」我越說越大聲，但內心是越來越

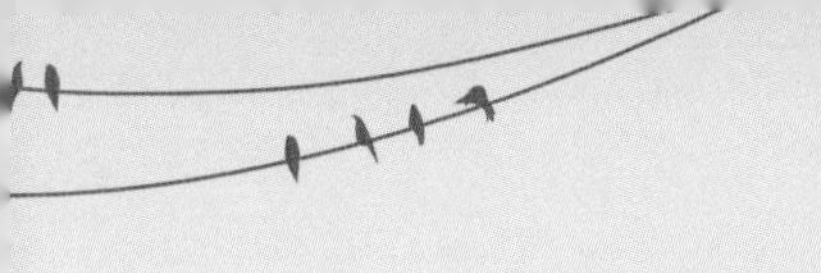

害怕。

老闆還想說話，阿姨已經說：「別惹麻煩，搬走會流失客人。讓他們走吧，我們沒有損失，今晚有個新的女孩會來，明日又有新的，讓奧瑪走吧。」

老闆堅持地說：「要是其他女孩知道，還怎會有人服從我們？」

「我們不會說，我們會守秘密的。」奧瑪說。

「小高都長大了，讓他走吧。」阿姨說。

我想起小時候被老闆打，阿姨會幫我跟老闆求情。阿姨有時待我很好，有時會虐打我。我望向阿姨，不知她是好人還是壞人。

老闆沒有說話，阿姨跟我們說：「快走。」

奧瑪低聲說：「我想拿點東西。」

我說：「快走，老闆隨時轉變心意，不能逗留。」

奧瑪隨即明白過來，跟我一起離開。

我們跑到地鐵站去，依照愛美麗的吩咐，乘車去修女之家。在地鐵車廂內，我和奧瑪都怕得要死，萬一老闆心念一變，派手下來捉我們，我們沒有還手的能力。

離開地鐵站後，我們跑去修女之家，我記得美倩在這兒做義工，連忙問第一個碰到的修女：「請問你可知道美倩在哪兒？」

她說：「她在街上跟莎依的母親傾談。」

「她可以留下來嗎？」我指指身邊的奧瑪問。

修女微笑說：「當然可以。」

我跟奧瑪說：「你留在這兒，我出去找美倩。」

「我們一起出去。」她說。

「不，別讓老闆的手下碰到你，我一個人出去好一點。」

奧瑪點點頭，說：「我在這兒等你。」

我趕快跑到街上，卻看見美倩跟莎依的母親吵起來，她突然打美倩，莎依嚇得哭起來，我想幫手，但兩個女人爭執，無論我怎樣做都容易犯錯，我是絕對不能打女人的。

「美倩，要幫忙嗎？」我走到她們附近說。

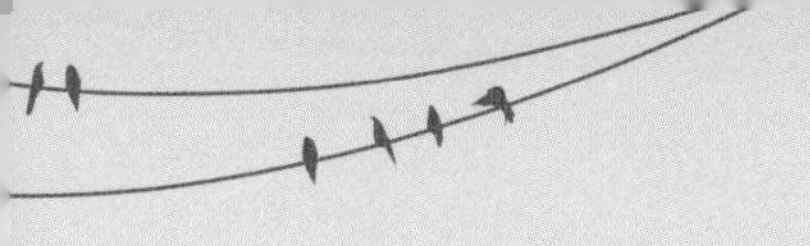

「你走呀！你別來搶走我的女兒，你已經搶走我的兒子了！」莎依的母親不斷叫喊。

「你冷靜一點，冷靜！」美倩一直後退，用手擋開她的攻擊。

「你走呀！衰人，壞人，走呀！」

「小高，幫我從後捉住她的手臂，但不要令她受傷，可以嗎？」美倩一邊閃避女人的攻擊一邊説。

我照她的意思去做，但莎依的母親極力掙扎，雙腳不停向後踢，踢得我好痛。

「你們可以幫忙讓她冷靜下來嗎？」美倩説。

兩個在附近休息的篤篤車車夫走近，莎依的母親忽然變得安靜，喝令我：「放手！」

我即時鬆開雙手，莎依跑來抱住媽媽痛哭，美倩抱住她們，説：「別緊張，莎依永遠是你的女兒。」

圍觀的人繼續圍觀，但不再走近。

莎依的母親不停哭泣，以低不可聞的聲音説話，我近乎聽不到她説的內容，只是從美倩和莎依興奮的反應推斷，她應該是說：「讓莎依上學吧。」

美倩和莎依開心得在街頭又跳又笑，圍觀的路人都笑起來，美倩在百忙中跟我說：「小高，幫她們執拾地方，我們一起回去。」

我在整理她們擺放在地上的雜物，莎依走過來幫忙執拾，還給我大袋讓我放好她們的東西。

莎依從地上拿起一條藍色毛巾，拍拍灰塵，遞給我抹手，我在褲上擦擦手，笑說：「不用了。」

莎依自己用毛巾抹手，然後將東西放入背包，我們很快就執拾妥當，因為她們放在街角的東西並不多。

美倩的手一直放在莎依媽媽的肩膀上，生怕她走掉或改變主意似的，看見我完成任務後，笑說：「我們一起走吧。」

到達修女之家時，奧瑪已經跑出來，拉住我的手，說：「你回來真好。」

我的心裏像開滿鮮花似的，笑說：「我當然會回來，別擔心。」

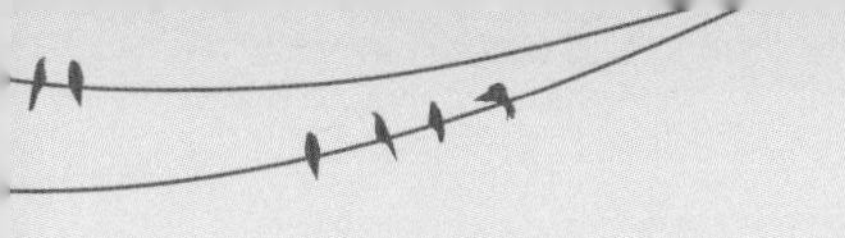

「我擔心老闆派人來捉你回去。」奧瑪說。

莎依突然上前抱住奧瑪的腰，不斷說：「姐姐，姐姐，我好掛念你。」

奧瑪驚訝問：「你認識我嗎？」

「姐姐，你不認得我嗎？」莎依站遠一步說。

奧瑪搖搖頭，莎依拿出藍色毛巾說：「我洗乾淨了，可以還給你。」

奧瑪張大嘴巴，不敢相信似的說：「嗯，是你，你的弟弟呢？你的弟弟在哪兒？」

莎依由笑容滿臉變得扁起嘴巴，想哭又不敢哭出來，美倩說：「我們放下東西，入去慢慢說。」

兩個修女走來帶我們入去坐下，莎依說：「我們去食早餐的地方嗎？晚飯時間有早餐嗎？弟弟很喜歡吃這兒的麵包。」

美倩正想回答，莎依的媽媽已經抱住她哭起來，修女帶我們去吃東西，任由她們站在那兒，莎依的媽媽哭個不停，美倩不停安慰她。

修女給我們麪包、香蕉和茶，莎依和奧瑪都吃許多麪包，我從未見過奧瑪吃那麼多東西的，說：「慢慢吃吧，你平日吃很少的呀，我拿麪包給你，你一塊都吃不完的。」

「我現在好開心，開心就肚餓。」奧瑪笑說。

莎依也跟着說：「姐姐，我都好開心，開心就肚餓，是真的。」

我笑起來，開始感到肚餓，原來我同樣開心，於是不斷吃麪包和香蕉。

不知吃了多久，美倩坐到我身旁的椅子上，笑說：「你們不要吃太多，以免撐住。」

我們這才停了手，莎依一臉滿足地說：「我好快樂啊。」

美倩面向莎依說：「修女陪同你媽媽去院舍休息一晚，你先跟媽媽一起吧。」

「嗯，」莎依乖巧地站起來，說：「姐姐，我可以上學嗎？」

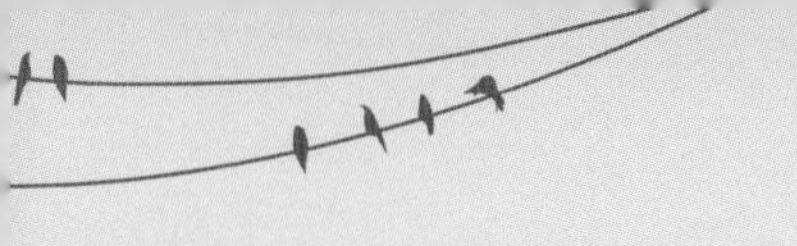

「可以，我們會安排你入讀寄宿學校的。」美倩笑着說。

「姐姐，你們可以幫我找回弟弟嗎？」

美倩沉默良久，我知道不大可能找到，正如我不可能找回我的家人，難過起來，眼淚不受控制流下來，只好低下頭，用手背抹去眼淚，希望沒有人看見。

「姐姐，我好想再見到弟弟。」莎依再說。

美倩的聲音響起，以最溫柔的語氣說：「莎依，我們會盡力幫你找尋弟弟的，但他未必在這個城市，我答應會盡力尋找。」

「可以答應我找到他嗎？姐姐，幫我找回弟弟好嗎？」

「我會盡力去做，希望找到。」美倩說。

奧瑪走去抱住莎依說：「你現在開始努力讀書，待你長大後，也許，你可以自己找回弟弟。」

莎依拿出藍色毛巾說：「姐姐，我洗了許多遍，已經沒有弟弟的尿，連尿味都沒有，我還給你。」

奧瑪笑說：「姐姐送給你的。」

「爸爸教我不要貪心，不要拿別人的東西。」莎依說。

「你好好讀書，將來我去你的畢業禮，你到時才還給我吧。」奧瑪帶笑說，再將莎依抱入懷裏。

「姐姐，爸爸會來我的畢業禮嗎？」莎依問，未待奧瑪回答，她轉頭問美倩：「姐姐，爸爸和弟弟會來我的畢業禮嗎？」

「我們會盡力尋找他們的。」美倩笑說。

修女走進來，問：「莎依可以了嗎？」

莎依點點頭，走去拖住修女的手，然後轉過身來，依依不捨地跟我們說：「再見美倩姐姐，再見姐姐，再見哥哥。」

我想抱抱莎依，又想讓她儘快回到媽媽身旁，只好笑說：「哥哥都會來你的畢業禮。」

莎依卻跑來抱住我說：「哥哥和姐姐一起來，你們答應我的。」

「一定，」我跟莎依勾勾手指尾，接着說：「我們一定來的。」

莎依跑回修女那兒，揚起手上的藍色毛巾說：「再見，大家再見。」

莎依離開後，我告訴美倩關於愛美麗教我們的一切，以及我們如何離開老闆那兒的過程。

美倩想了好一會，說：「你們現在依然危險的。」

「怎會呢？」我說：「老闆答應放過我們的。」

美倩說：「如果他重視承諾，就不會做拐賣兒童和逼良為娼的勾當。他怕警長調查他們，先放你們離去，待你們報平安後，他才派人再捉你們回去，到時候，誰可以保護你們呢？」

我拍打自己的頭一下，說：「我沒有想過呀。」

「我已經連同利息還錢了，先前還為他們賺錢，他們怎可以這樣對我？怎可以這樣對小高呢？」奧瑪難過起來，坐在椅子上，將頭臉埋在雙腳之上。

美倩坐在奧瑪身旁，扶她坐直，輕輕說：「我不知道你實際欠了他們多少錢，據我所知，有些農村父母只以三百美元就賣掉女兒到賣淫集團，有些錢落入中間人手中……」

「嗯，中間人就是帶我由鄉下來這裏的女人。」奧瑪沮喪道。

「紅燈區的嫖客每次嫖妓花費兩美元至十美元不等，賣淫集團很快賺回三百美元，然後淨賺，他們在每個女孩身上賺大錢，變成有錢人，還可以養一大羣人操控可憐的女孩。你還可以為他們賺許多錢，他們怎會輕易放走你呢？」美倩說。

「我怎樣都不要回去那個地獄，我會努力工作掙錢，還錢給愛美麗的。」奧瑪語氣堅定說。

「我會幫你們買火車票，你們要儘快離開這個城市。」美倩說。

「我們可以去哪兒呢？」奧瑪說：「我想回家，但我怕那個女人會去我的鄉下找我，他們會找到我的，況且，我不懂得回去。」

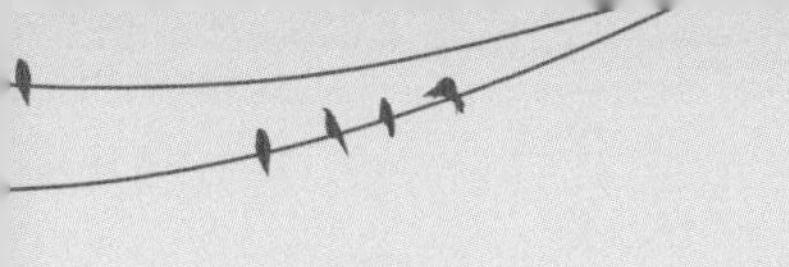

「我幫你們安排去另一城市，那兒有外國志願團體創辦的正義學校，他們將女孩從淫窟救出來後，讓她們有讀書機會，但是學校地址要保密，所有事情都要秘密進行，以免靠妓女維生的人會破壞一切。」美倩說。

「我真的可以讀書嗎？」奧瑪說：「我一個字都不懂啊。」

「學校會安排你由基礎教育開始。」

「我也可以讀嗎？」我問。

美倩大笑起來，說：「不可以，那裏只讓女生入讀的。」

隨着美倩清脆的笑聲響起，大家回復愉快心情，奧瑪問：「學校會接受我嗎？」

「我不肯定，但我會盡力安排的。」美倩說：「正義學校主力協助女孩修讀法律課程，讓她們考取專業資格。學生在學校寄宿，她們要用多年時間修讀法律學位課程，然後參加國家的執業考試，通過考試後，可以做律師、檢察官和法官，以相關知識幫助有需要的人。」

「謝謝你告訴我們。」奧瑪說：「即使我無法入讀，單是知道跟我同樣命運的女孩可以讀書，能夠過另一種生活，就算只是有些女孩可以，我已經好開心。」

「我會跟愛美麗聯絡，讓你在外地用紗麗縫製物品寄售。你只要努力工作，自然可以還清欠債的。」美倩說。

奧瑪擁抱美倩，開心得不知說什麼才好。

美倩轉頭望向我說：「小高，你想找回家人嗎？」

「有可能嗎？」我問。

「不知道，但我們可以嘗試的。」

「怎樣做？」

「你只要記得故鄉的模樣，我們可以跟你在電腦的真實地圖影像慢慢找尋。有些人在電腦影像看見自己的家鄉，終於可以回去；有些人尋找多時，仍未找到。」美倩說。

「我只記得一大片綠色，所有農村都有一大片綠色，我無法認出故鄉了。」我很難過，但不得不承認，

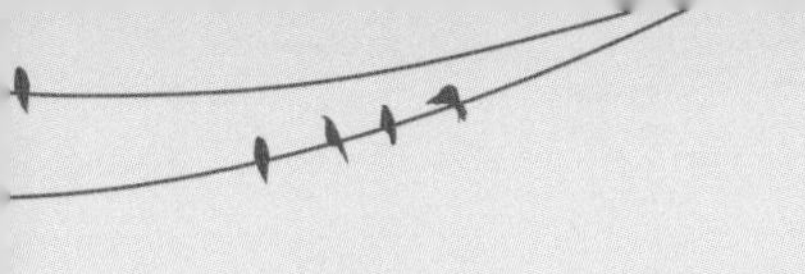

我似乎這輩子無法找到家人。

「以前沒有電腦的真實地圖，被拐帶的孩子一輩子不能回鄉，現在，科技改變了部分孩子的命運。小高，別失望，也許十年後，再有新科技讓你找到你的原生家庭。」美倩說。

「小高，我們是朋友，我們一起去另一城市生活，我們就是親人呀。」奧瑪說。

「嗯，每對夫婦原本都是陌生人，最親密的家人原是陌生人啊。」美倩說。

我開心得不知所措，笑得咭咭聲說：「對，我們在一起就是親人，我們一起生活的地方就是我們的城市。」

美倩笑說：「我要聯絡正義學校，還要買火車票，你們在這城市多留一天，但不要四處去，以免碰到想捉你們回去的壞人。」

「謝謝你。」奧瑪說。

「我幫你們租住附近的旅舍，還會幫你們買些日用品，這兒倒有大量二手衣服。」美倩說。

「我可以跟朋友道別嗎？」我問：「我有個朋友在藥房工作，我想跟他說再見。」

「不要。」美倩說：「你們去到另一城市後，寄信給他就是。那些壞人會找你的朋友，從而追蹤你們的下落。」

「明白。」我說。

我們跟美倩到附近的旅舍，我們住最便宜的牀位，男生和女生都是八人一間房，分別共用廚廁和大堂。美倩讓我們安頓好後，說：「你們休息一下，別出外。我明天會來探望你們，有特別東西要我買嗎？」

「沒有，我們已經非常感謝你。」奧瑪說。

我們跟美倩輕抱一下，各自返回自己的房間。

我沒有跟同房的男人聊天，自有記憶以來，首次睡在地窖房間以外的地方。也許心情放鬆下來，我很快墮入夢鄉，夢中是一大片綠，許多愛我的人圍繞在我的身邊。

第二天早上醒來，發現美倩已經帶來早餐和日用品，還有許多二手衫褲鞋襪任由我們挑選。她跟我們一起在大堂吃早餐，奧瑪說：「你帶這麼重的東西前來，真是辛苦啊。」

「距離不遠，也不是太重的，」美倩笑說：「我買了今晚的火車票臥鋪，明天下午，你們就可以在新的城市重新生活。」

我和奧瑪互望一眼，快樂得難以置信，奧瑪說：「我怎樣再聯絡你和愛美麗呢？」

「這兩部二手手機給你們，裏面儲存了我的手機號碼，還有正義學校聯絡人的電話，哈，還有警長的。不過，除了警長外，全部用代號，沒有名字，你們不要遺失。當你們安全抵達後，給我發短訊，我會代你們聯絡愛美麗的，切勿讓人知道愛美麗怎樣幫助女孩逃出紅燈區呀。」美倩說。

「知道。」我說。

我和奧瑪小心翼翼袋好手機，揀選了一些衣服和日用品，放在美倩為我們預備的旅行袋裏。

美倩說：「我們就這樣說再見吧。這是火車票和現金，你們乘篤篤車去火車站，別讓人看見，乘火車到目的地後，給我短訊，我等候你們的短訊。」

「我們在這兒等到今晚嗎？」奧瑪問。

「不，你們梳洗後要離開了。」美倩說：「你們看過電影沒有？」

「沒有。」奧瑪和我一起回答。

「這是兩張戲票，不坐篤篤車的話，你們徒步半小時可以去到戲院看電影，然後，吃點東西再去火車站。早點去火車站等候，以免塞車遲到，錯過這班火車會好麻煩。」美倩說。

「我們可以看電影嗎？」我問：「不怕老闆的手下找到我們嗎？」

「要找到的話，躲在這兒都找到的。」美倩說：「這是你們最後一日留在這城市，相信你們不會再來，希望你們有美麗的回憶，而非……」

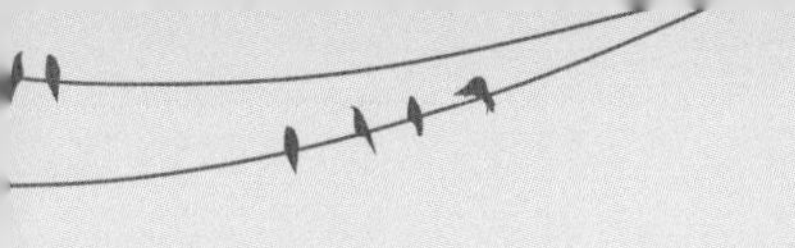

「而非什麼？」我問。

奧瑪面色大變，美倩輕按她的手臂說：「而非只記得來找我食麪包啊。」

我這才知道自己愚蠢，美倩的意思是要我們用美麗的回憶代替痛苦的，她沒有直接說出來，我卻刻意去追問，難怪奧瑪流露痛苦表情。

「你們換上不同的衣服，奧瑪用頭巾包裹頭髮，就像日常生活中兩個朋友逛街看戲一樣，別人不會特別留意你們的。」美倩說。

「謝謝你。」我感激地說：「為了你，我們也許會回來的。」

「我的簽證差不多到期，我要去其他地方服務呀，你們就算再來，相信我已經離開了。」美倩說。

「我們會掛念你的。」奧瑪說。

「我的民族有兩句古老的話，『海外存知己，天涯若比鄰』。無論大家在哪兒生活，我們的心記得對方，大家就是好朋友，再遠的距離都不會覺得遠。」美倩笑着説。

我不知怎樣表達謝意，再説多謝反而變得囉唆，像向愛美麗下跪那樣一定會嚇壞美倩，只好呆呆望向美倩，見她展現親切的笑容説：「我先走了，等候你們報平安的短訊。」

「莎依怎樣？」奧瑪問。

「我們會安排莎依的媽媽入住院舍和看醫生，希望她不會逃跑。」美倩説：「修女會安排莎依讀寄宿學校，我們會嘗試找尋她的弟弟和爸爸。」

「莎依不知道嗎？」奧瑪問。

「莎依的反應很奇怪，有時像個聰明的孩子，有時像智力和記憶力有毛病似的，修女會找醫生為她評估一下的。」

「可以找到她的親人嗎？」奧瑪問。

「只要莎依的媽媽肯説出地址和莎依父親的姓名，應該可以找到他，至於莎依的弟弟……」

「相信莎依的弟弟會遇上好人，總有一日跟家人團

聚的。」我以自己來猜想，既然我可以遇上好人，莎依的弟弟都可以的。

「要是莎依的媽媽再要帶莎依在街頭生活，那怎麼辦？」奧瑪問。

「我們都憂慮她突然要走，所以，修女會儘快安排莎依入學。」美倩說：「我們照顧過一些精神異常的女孩，她們不喜歡住院舍，偷偷走了，我們不能勉強任何人入住的，一段日子後，她們懷孕就會回來，這樣的個案也不少。」

「好擔心莎依。」奧瑪說。

「她告訴我，她的爸爸稱她為快樂寶寶，你們不用為她擔心，好好開展新生活就是。」美倩說。

「我都好擔心自己。」奧瑪笑說。

「生命就是喜樂，沒什麼好擔心啊。」美倩笑說。

「我覺得生命是苦難。」奧瑪說。

「遇上我就沒有苦難了。」我跟奧瑪說。

「遇到你才是苦難呀。」奧瑪笑說。

美倩大笑起來，她看看牆上的鐘，說：「我真的要走了。」

「我們不知道怎樣說謝謝。」奧瑪說：「總之，我的生命就是你和愛美麗救回來的。」

「別再說客氣話。」美倩給我們陽光燦爛般的笑容說。我們跟她擁抱，然後送她出門口離開。我們沒有說再見，即使我們都希望再見，大家都知道機會渺茫。

我和奧瑪分別回房更換衣物，大家的打扮都跟平日不一樣，相視而笑。然後，我們帶同旅行袋離開旅館。

徒步去戲院的時候，我們認真細看這個城市，奧瑪說：「我原本憎恨這個城市，現在知道這兒有美好的一面。」

「美倩真細心，她讓我們製造美好回憶。」我說。

奧瑪想了想說：「我起初不明白她的用意，現在明白了。她知道我無法忘記可怕的記憶，但可以製造美好的記憶。」

我們心情輕鬆，一直閒談，不知不覺就走到戲院門

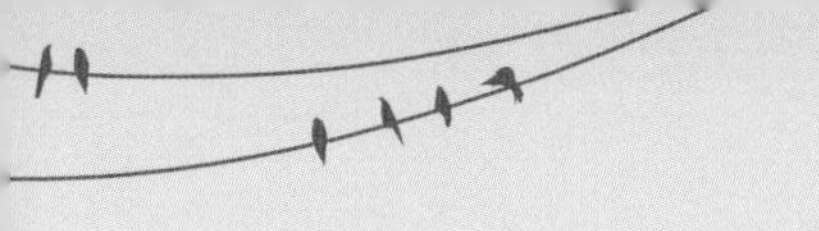

前了。

美倩給我們買的戲票是看阿米爾罕的電影《神秘歌星》，我和奧瑪都是首次看電影，我很緊張，在漆黑的戲院裏，我覺得我和奧瑪很接近，又好像很遙遠，我們跟其他觀眾一起笑一起哭，完場後，我看見奧瑪雙眼哭得紅腫。

為了節省金錢，我們在街邊檔口吃炸薯餅，奧瑪邊走邊說：「電影真是好看。」

我說：「女主角名為Insia，意思是女人。女孩名字要強調是女的，可見她的爸爸不喜歡女孩子，只愛她的弟弟。」

「小高好聰明呀。」奧瑪說。

從來沒有人讚我聰明，聽罷不覺滿臉通紅，隨即想到令人沮喪的事，跟奧瑪說：「我不知道自己的名字，可能爸媽給我的名字意思是男人啊。」

「也許小高就是你的名字啊。」

「不。」我說：「老闆有一天責罵我，跟我說，小高是他小時候養的狗的名字，然後罵我比那隻狗小高還要蠢。」

「小高，你很聰明啊，」奧瑪説：「老闆不愛你，才説你蠢啊。」

「小高，原來真是你們。」驀然聽到熟悉的聲音，一看之下，差點嚇得昏倒，那是老闆的兩個手下！

他們望向我們，哥豹説：「你們換了打扮，差點認不出來。」

「不過，你們怎會在街上不斷説出自己的名字？」阿森説。

奧瑪嚇得眼淚在眼眶打轉，我差點想跪下來求他們放過我，但想起愛美麗和美倩的教導，沒有再求情，只是望向他們。如果他們要捉我們回去，我會拼死保護奧瑪的。

他們沒有望向我們，好像自顧自説話，實際是讓我們知道：「老闆要我們找的人真多。」

「對，許多人要找小高和奧瑪，他們要小心一點，

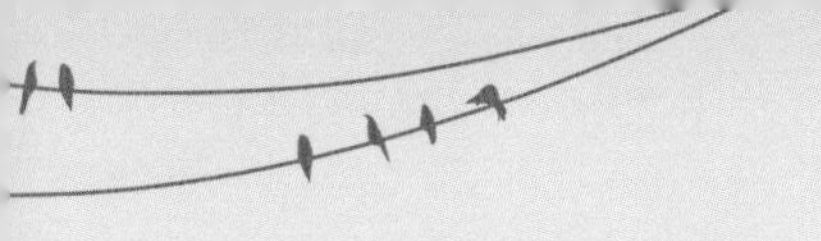

快點離開這兒。」阿森説。

「還有柏珍也悄悄走了。雖然還了錢，老闆還是要我們捉他們回去。」哥豹回應。

「可以離開是好運。」阿森大聲説，伸伸懶腰，再説：「如果我可以離開就好了。」

「如果你可以走，走了就不要回來，老闆不知會怎懲罰你的。」哥豹説。

「我們繼續找人吧，他們可能走到那一邊去了。」阿森説。

兩人一邊説話一邊離開，他們刻意放過我們，讓我們離開，我恨不得跑過去給他們大大的擁抱。

奧瑪顫抖得流下眼淚，我們不敢再説話，連忙向哥豹和阿森的反方向走。

我截了篤篤車去火車站，跟奧瑪坐上篤篤車後，我的心跳仍然跳得很快，我知道奧瑪跟我一樣緊張。我一直留意路面情況，生怕碰到老闆的人，他們未必跟哥豹和阿森一樣願意放過我們。

到達火車站後，我們在候車室等候，想起美倩讓我們看電影，就是要我們增加勇氣。電影的女主角是中學生，為了追逐夢想，勇敢地獨自乘搭內陸機去另一城市試音。我們的年紀比她大，應該更有勇氣去陌生城市，展開人生新的一頁。

火車到站後，我望向奧瑪，她對我微笑，主動緊握我的手，我們就這樣走上火車。

「Insia，我們忘記買食物上火車食呀。」我不說她的名字，以免附近有人聽到。奧瑪聽到我稱她女人，忍不住笑起來，說：「我們落月台買麪包吧。」

「不，不要離座，我們不能錯過這班火車的。」我大吃一驚說。

「別緊張，跟你說笑而已。」奧瑪說。

月台上有小販賣東西，我看見奧瑪望向賣粟米的小販，便示意他走過來，付錢買了兩條粟米，一人一條。我咬了一口粟米，但覺香甜美味，奧瑪拿在手裏，卻沒有吃。

「不喜歡食粟米嗎？」我問。

「不是。」奧瑪説：「我太喜歡，不捨得食。」

「喜歡就快點吃吧，凍了就沒有那麼好食。」

「如果可以讓弟弟和兩個妹妹食粟米就好了。」

「總有一天，你會回家的。」

「看戲的時候，我在想，Insia的媽媽那麼愛她，為她付出一切，如果我的媽媽都這樣愛我就好了。」

「你仍憎恨爸媽將你賣給老闆嗎？」

「起初還有一點恨意，實在太痛苦了，不過，我現在明白他們的想法。」奧瑪説：「他們只能犧牲一個孩子讓其他孩子活下來。」

「我不知道爸媽是怎樣想的，但我相信他們是愛我的。」

「希望可以讀書，」奧瑪説：「讀書才可以改變社會的不公平現象。」

「我們一起讀，讀到多少是多少。」

「你忘記學校不收男生嗎？」

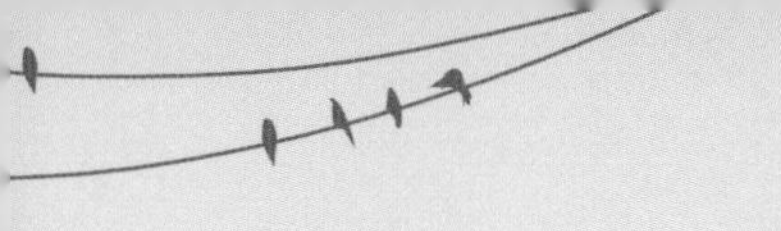

「我可以去收男生的學校讀書呀，Insia——」我拖長最尾一個字說。

奧瑪笑起來，開開心心吃手上的粟米。

火車開始離開月台，我跟奧瑪相視而笑，我們終於離開這個城市，離開老闆的控制範圍，我們不知道前面有什麼等候我們，只是信任愛美麗和美倩為我們安排的一切，就讓火車帶我們走到未知的未來去。

後記

在地球村守望相助——關麗珊

我們無論在讀書、工作還是日常生活都會遇到困難，沒有人會一生沒有煩惱的。

即使告別了成長的煩惱，現實還有大大小小的難題要我們解決，正因如此，人生才不會太平淡，闖過難關的成就感和快樂，能夠為我們的生命添上姿彩。

我們的一生如火車旅程，起初由父母帶我們上車，然後，大家可以享受沿途風光，有人長期得到父母照料，有人得不到，有人坐在頭等車廂，有人坐在三等車廂。窗外景色一樣，但車廂環境不同，每個人的心情也不一樣。

每個站都有人上車，有人落車。有些人一直坐在我們身旁，直到終點站。有些人跟我們擦肩而過，大家坐在同一車廂一段日子，但始終是陌生人。

當我們為學業煩惱的時候，地球另一端的孩子正為生存煩惱。每次說別浪費食物的時候，總有人反駁我，反駁的觀點接近。浪費食物的人認為就算自己不浪費，那些食物都不會送給遠方飢餓的人，根本不用珍惜清水和食物，他們喜歡浪費就浪費，反正花得起錢。

對，即使富裕地區的人珍惜一切，第三世界的飢民一樣是在捱餓的。不如回到人生列車的比喻，列車的資源就是這麼多，要是頭等車廂乘客不斷浪費清水和食物，三等車廂乘客得到的只會更少。即使我們有錢揮霍，問題是，我們為什麼要浪費地球資源呢？

人是羣體動物，理應互相幫助。萬一你有困難，理應求助，求助並非示弱，而是跟別人一起解決問題。相對來說，當你有能力的時候，不妨幫助不如自己幸運的人。

這是《擁抱世界正能量》系列的第四本小說，這個系列每本都想跟大家思考現實問題。

第一本《闖進山洞的泰國少年》是愛的故事，幸運的事情背後往往是愛和信任。第二本《柬埔寨的微笑力量》探討平等，到底人是否天生平等並沒有標準答案，但我們都知道怎樣令世界變得相對平等一點點。第三本《韓國女團的夢想舞台》思考性格和命運的關係，樂觀者、悲觀者和現實主義者面對同一件事有不同回應，由於不同的處理手法會導致不同結局，正好讓大家思考性格主宰命運抑或命運影響性格。

《走出黑暗的印度少女》談的是如何助人和自助，書中的莎依是我認識的印度女孩，原本跟媽媽和弟弟一起露宿街頭，後來，弟弟不見了。每次經過都見她和媽媽坐在那兒等人給予，有時候，兩人露出痛苦表情，有時笑容滿面，看見她們的表情就知道她們那刻是否需要博取同情。

莎依是假名，我當然不會寫她的真實名字，也只能在小說給她較為美好的結局。她的母親至今拒絕接受幫助，愛護她的人都只能為她祈禱，無法幫助入學和住進安全的地方，大家最擔心的是莎依會被壞人擄走。

根據印度全國犯罪紀錄部門的統計，在印度每八分鐘就有一名女孩被綁架。每年有數萬名孩童失蹤，小説裏的小高是其中一個例子。推斷每年超過一百萬個印度小孩被迫賣淫，全國紅燈區有千千萬萬個女孩像小説裏的奧瑪一樣活在痛苦之中。

相對於過百萬小孩被迫做不願意的事，每年檢控人口販子的案件大概有五十宗，許多個案還因缺乏足夠證據和相關律師而未能成功起訴。

小説提及幫助性工作者的志願團體確實存在，我曾參觀和購買受助人縫製的物品，我的消費能讓她們多一分自由，可是她們始終要秘密地掙到足夠的金錢，才可以離開紅燈區。

為奧瑪提供幫助的正義學校也是真實存在的，有心人努力幫助雛妓重返校園修讀法律課程，即使面對重重困難，起碼邁出了一小步。

相對於莎依、小高和奧瑪面對的困難，我們的

難題顯得微不足道。然而，我並非要大家旁觀他人的苦難來感受自身幸福，而是希望跟大家一同思考幸運和不幸的問題，從而懂得自助和助人。

莎依在街頭生活有快樂時刻，在冷氣房溫書的孩子或有痛苦感受，每個人對幸運和不幸有不同理解。期望自知幸運的朋友能夠幫助不夠幸運的人，不一定要走到遙遠的地方去幫忙別人，只要懂得珍惜，並能善待身邊的人，不花錢也可予人鼓勵的微笑，微笑就是力量。